여행 한번 다녀와봤습니다

발　행 | 2020년 07월 21일
저　자 | 박성현
펴낸이 | 한건희
펴낸곳 | 주식회사 부크크
출판사등록 | 2014.07.15.(제2014-16호)
주　소 | 서울특별시 금천구 가산디지털1로 119 SK트윈타워 A동 305호
전　화 | 1670-8316
이메일 | info@bookk.co.kr

ISBN | 979-11-372-1270-1

www.bookk.co.kr

이 책을 읽으시기 전, 드리는 소식!

이 책을 선택 해주신 독자님에게!

안녕하세요! 이번에 제목 : 여행 한번 다녀와봤습니다.
여행에세이를 출간하게 된 신인작가 박성현입니다.

우선 이 책을 선택해주셔서 정말 고맙습니다! 본 책은 좋은 일들만 가득한 어른의 삶일 것이라는 꿈을 품은채 20대를 맞이했지만, 늘 계획했던 것 만큼 결과는 되는 일이 하나도 없었고 때로는 엉뚱했던 가장 젊고 활발했던 시절에 떠난 이야기를 담은 저만의 여행에세이 도서 입니다.

딱딱한 내용의 책보단 마치 만화책이나 동화책을 읽는 것처럼 본 책을 읽어봐주셨으면 좋겠습니다. 보통 시중에 나오는 책은 글씨크기가 지금 읽고 계신 본 글씨크기와 비슷하다면 여행 한번 다녀와봤습니다 책은 좀 더 보기 쉽게함으로 **큰 글씨크기**로 출간하게 되었습니다.

20대 초반, 취업 실패 / 대학교도 불합격 딱히 잘 하는거 하나 없었고 늘 부정적인 단어들만이 제 마음과 머릿속을 괴롭혔지만, 반대로 지금은 그 어떠한 시간 이었을지라도 어차피 제가 짊어지고 가야 하는 시간들이기에 이제는 그냥 긍정적인 방향으로 생각하려고 한답니다.

아마도 그 시절, 혼자 여행을 통해서 제 자신에 대해 좀 더 알아 볼 수 있었던 계기가 존재 했었고 또, 제가 여태살면서 미처 몰랐던 지혜들을 여행 중 만난 사람들 덕분에 알아갈 수 있었던 시간들이 존재했기에 가능하지 않았을까 생각이 듭니다.

재미있게 읽어봐주세요!

※ 본 책으로 인해 발생된 모든 수익은 사각지대에 놓여있는 독거 노인분들을 위해 자동 기부 됩니다.

여행 한번! 다녀와봤습니다.

박성현 지음

※ 본 도서는 태시스템의 글꼴폰트가 적용됐습니다 (태조각TB, 태흘림L, 태으뜸B)

prologue

유치원 → 초딩 → 중딩 → 고딩
그리고 꽃 다운 20대로써의 출발!

그 시절, 공부에 별로 흥미가 없었던 나는 겉으로는 안경을 쓰고 다녔고 주변에서 모범생 같다는 소리를 듣곤 했지만 중학교 때 까지만 해도 난 늘 밑바닥을 맴 돌았다.

반 친구들에게서 밑에서 성적 깔아주는 애라는 별명까지 붙을 정도였다. 심지어 이때만 해도 활동적인 걸 딱히 좋아하는 성격이 아니었던지라 16살이라는 이른 나이에 몸에 문제가 생겼고 당뇨와 고혈압 그 밖의 고위험군 발병 의심환자 판정까지 받은 그저 살 찐 중학생이었다

고등학교에 들어서, 정신 차리고 공부를 하기 시작했다. 그리고 운동도 시작했다. 열심히 운동을 한 덕분인지 모든 고위험군 발병 의심 수치가 정상수치로 돌아올 수 있게 되었고 건강도 되찾을 수 있었다. 학교에선 가끔 장학금을 받아오기도 했지만 정신차리고 공부를 한들 여전히 친구들과 노는게 더 재밌었던 나는 여전히 공부에는 흥미가 생기지 않았고 성적만큼은 좋게 받고 싶은 마음에 시험기간 때 만큼은 눈에 불을 키고 책을 폈다. 눈 꼬뜰새 없이 20대를 마주하게 되었고 나는 대학교 입학을 선택하기보다는 사회에 먼저 몸을 담그고 싶다는 생각에 고졸 취업을 선택하게 되었다.

여러 시험을 거쳐 운좋게 공기업에서 인턴활동을 해 볼 수 있는 기회가 생겼고 잘하면 정직원 전환을 시켜준다는 말을 듣고 또래의 나이에 비해 사회에 일찍 뛰어들어가 인턴의 신분으로 회사에 취직했다.

6개월의 시간이 흐른 뒤,
정규직 전환에서 당당하게 떨어졌다.
크게 아쉬운 마음은 없었다.

그동안 고생한 동기들에게 인사를 하고
난 20살의 초중반 삶을 걷기 시작했다.

물류창고 아르바이트를 하며 전전긍긍하다
국방의 의무를 지키기 위해 입대했다.
2년이라는 시간이 빠르게 흘렀고
전역 후, 나는 돌아갈 길이 없었다.

그저 돌아갈 길이란 가족들이 있는
집 뿐이었고 같이 전역한 동기들은
대학교 복학 / 회사 복직
각자가 돌아갈 길이 존재했는데 나는 없었다.

나는 홀로 집으로 가는 KTX열차 안에서
많은 생각이 들었다.

"공부해서 대학교를 갈까?" 아니면
"취업을 준비해볼까?"

OO기업인턴면접 최종결과

본 기업에 지원 해주셔서 감사합니다.

아쉽게도 최종 불합격 되셨습니다.

감사합니다

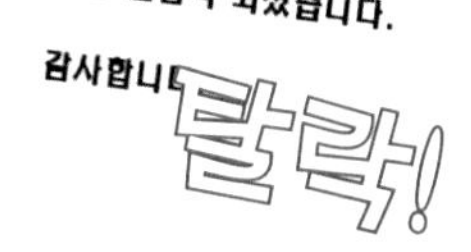

그래! 뭐 어떻게든 되겠지
일단 집에 가서 군대 때나 벗자!

2년 이라는 시간동안 군대에 있었기 때문에 사회적응을 빨리 해야 겠다는 생각에 전역 다음날, 바로 아르바이트 면접을 보게 되었고 사람들과 자주 대화하고 마주 칠 수 있는 서비스직 아르바이트를 시작하게 되었다.

말투부터 행동까지 다시 원래대로
바꿔가는 연습을 했다.

그렇게 한 달, 두 달 시간이 흘러
나는 다시 사회인으로 바뀌기 시작했고
차곡차곡 돈도 모이기 시작했다.
아르바이트를 하면서도 모은 돈으로
무엇인가를 해봐야겠다는 생각이 컸다.

공부든 자기계발이든 아니면
그냥 젊은 시절이 후회스럽지 않게 놀아보거나..

많은 생각이 오고갔지만
난 결국 대학 입학 준비를 시작했다.

입시까지 3개월의 시간이 있었고
수능 없이 수시로 들어갈 수 있는
4년제 대학을 알아보았다.

잘 준비한 것 같았지만
뭐... 결과는 당연히 떨어졌다.
맨날 떨어지고 실패하는 인생인가 보다..

사실 떨어지고 나서 많이 우울했다.
불합격이라는 단어가 싫었던 게 아니라
계속 아르바이트만 할 수는 없는데
이제 나는 뭘 해야할 지 막막할 뿐이었다.

친구들은 다 대학에 들어가 공부도 하고
새로운 친구들도 사귀고 대외활동도 하는데
나는 그들과 다른 인생을 사는 것만 같았다.

대학에 떨어진 뒤
우울한 생각을 없애기 위해
나는 더욱 일을 열심히 하기 시작했다.

대학 수시전형 합격자 발표

본 대학에 지원해주셔서 감사합니다.
아쉽게도 최종 불합격 되셨습니다.
감사합니다.

그로부터 2개월 이라는 시간이 흘렀다.

자격증 시험 신청을 하기 위해
인터넷을 키다 커뮤니티 사이트에서
여행에 대한 문구를 우연히 보게 되었다.

'혼자서 떠나는 여행지'

나는 생각했다. "혼자서 떠나는 여행이 재밌을까?"
이때만 해도 여행에 대한 생각은 0% 였기 때문에
관심은 없었고, 그저 어떻게 살아가야 할까라는
고민만 머릿속을 계속 맴돌았다.

시험만 신청하고 바로 인터넷을 껐다.

나는 가족들과 밥 먹으면서 이야기 하는걸 좋아한다.
그래서 가끔 주제 없는 이야기를 자주 하곤 하는데
애기가 오고 가는 중 여행에 대해서 이야기를 펼쳤다.

"요즘 혼자하는 여행이 유행이래..
나도 한번해볼까?"

여행에 대한 관심이 전혀 없었는데도 불구하고
나는 그냥 이야기 해보고 싶었다.

아마도 내 마음속에서 계속 울부짖고 있는
여러 복잡한 감정들 때문이었는지...
아니면 지금 이 순간을 벗어나고 싶어서 였는지...

그냥 아무말이나 뱉은듯 싶었다.

이런 내 말에 가족들은 반응하기 시작했다.

“어디갈건데?”

“아주 먼~~~곳으로!”

“먼 곳이면? 하늘나라??”

엄마는 나를 하늘나라로 보내고 싶었나보다.

“아니 하늘나라를 어떻게 가!!!
비행기타고 다른나라로 멀리 말이야!”

분명 가지말라고 하겠지 생각했지만 정 반대였다.

“갔다와”

우스갯소리로 한건데 잘못들었나 싶어
나는 다시 물어봤지만 같은 답을 내놓으셨다.

“진짜 가도돼?? 한번 해볼까?”

가족들은 뭘 또 다시 물어보냐는 표정을 지었고 내가 요즘 집에서 많이 힘들어 하는 모습을 보셨는지 내 감정을 이미 꿰뚫고 계신 것만 같았다.

'이래서 가족인가 보다'

가도 되냐고 물어보고 가도 된다고 답을 들었음에도 불구하고 내 자신은 잘 할 수 있을거란 확신이 서지 않았나보다. 밥을 먹으면서 혼자 여러 생각이 들기 시작했다.

생각하는 내 모습이 안쓰러웠는지……

“지금 아니면 언제가봐?”

“야 원래 젊을때 여행하는거야! 나중엔 더 못가~”

가족들은 나에게 도전이라는 힘을 실어주기 시작했고 난 곰곰히 생각하다 말씀드렸다.

“그래요? 한번 가보죠 뭐!”

좋은 선택을 했다는 표정을 지으시긴 했지만
한편으론 큰 걱정이 생기신듯 했다.

비행기를 한 번도 안타본
애가 그것도 해외에 혼자서 간다니
위험하지 않을까하고 생각하고 계신 것 같았다.

하지만 내가 해보고 싶은 걸 못하게 하는 가족들이 아니었다. 학창시절부터 여태까지 사고 한 번 안 친 덕분이었는지도 모른다. 나는 다시 컴퓨터를 켰다. 그리고 여러 여행에 대한 정보를 찾아보고 또 찾아봤다.

무엇인가에 이끌리듯 열심히 찾았고
준비하고 또 준비했다.

그 후 나는 다짐했다.
내 삶에 가장 멋진 시간을 만들어보겠다고!

내가 직접 모은 돈으로 내가 원하는 걸 해보겠다고…
8개월동안의 시간동안 1000만원 가량의 돈을 모았고

모은 돈의 일부는 용돈으로 충당하고 혼자가다보니 부모님께 미안한 마음에 일부를 드려, 남은 돈으로 내가 해보고 싶은 걸 해보겠다고! 그게 바로 '혼자 여행'이었다.

떠나는날,

배낭을 챙기며 현관문을 등지고 부모님께 인사드렸다.

"엄마 아빠 살아 돌아올게! 갔다올게요!"

엄마는 아침을 드시다 말고 부리나케 뛰어와
잘 갔다오라며 통 큰 하이파이브를 해주셨다.

하지만 그 짧은 순간에도 부모님의 표정을 볼 수 있었다.
겉으로는 잘 다녀오라고 했지만 걱정이 크게 되셨나보다.

인사를 마치고 사나이답게 현관문을 박차고 나왔다. 그래도 긴장이 조금은 됐는지 나오는 순간에도 혼자 많은 생각이 들기 시작했고 한 편으론 새로운 세상을 맞이 해 볼 설레는 마음을 끌어 안은 채 나는 출발했다.

"걱정마세요~ 잘 갔다올게요!"

Contents

Cambodia

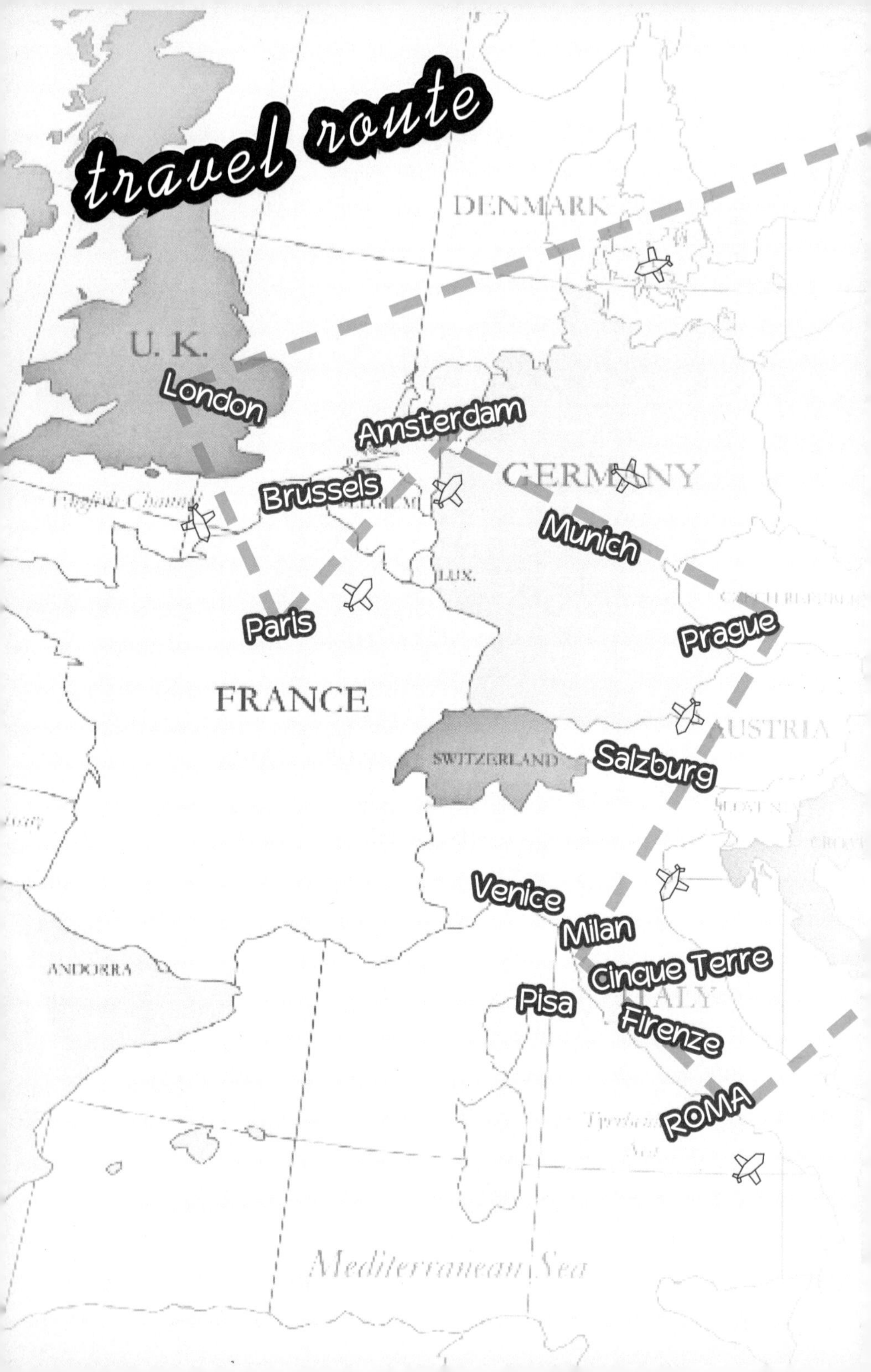
travel route
DENMARK
U. K.
London
Amsterdam
GERMANY
Brussels
BELGIUM
Munich
LUX.
Paris
Prague
FRANCE
SWITZERLAND
Salzburg
AUSTRIA
Venice
Milan
Cinque Terre
ANDORRA
Pisa
ITALY
Firenze
ROMA
Mediterranean Sea

여행 한번 다녀와봤습니다!

New York

Los Angeles

Ten country Sixteen city

London

반가워! 런던!

#첫 해외 #첫 도전

런던에 도착한 시간은 밤 10시 30분

첫 비행, 그리고 첫 번째 혼자 해외여행이다. 비행기에서 내린 후 입국심사를 받으러 향했다. 어디로 가야할지 몰라서 사람들을 따라다녔다.

어디가 어딘지 몰랐지만 저 멀리서 보이는 간판에 entry 라는 단어가 쓰여 있었고 다행히 심사장과 비슷한 느낌의 장소에 도착했고 나는 입국심사를 받기 위해 줄을 섰다.

말이 통하는 외국 현지 사람들 그리고 유능하게 영어를 할 줄 아는 유학생 등 다른사람들이 심사받는 모습을 힐끔 힐끔 쳐다보았고 나도 저렇게 멋있게 받아봐야 겠다는 생각을 갖고 차례를 기다렸다.

한명 두명 줄어들었고 드디어 내 차례가 되었다. 나를 쳐다보는 직원의 눈빛은 좀 따가워보였다. 나를 10초 정도 유심히 쳐다보더니 뭐라고 말하기 시작했다.

"travel or Immigration?"

너무 말이 빨라서 무슨 말인지 잘 못 알아들었지만 어느 정도 내 머릿속에서 단어가 정리가 되었고 나는 조금 알아들은 상태였다.

그리고 답했다.

"hello?"

여행 아니면 이민이라고 물어봤는데 안녕이라니 나는 내가 무슨 말을 꺼내고 있는지 몰랐다. 직원은 뾰루퉁한 표정을 지으며 내게 다시 물어봤다.

“왜? 무슨 일로 온거야?”

“um.... U...... U....."

나는 도통 무슨 말을 해야 할지 몰라 입국심사자 앞에서 또 다시 어쩔 줄 몰라했다. 다른 칸 사람들은 빠르게 끝났는데 나는 말을 얼버무리는 바람에 꽤 오랫동안 입국심사를 받고 있었다.

내 뒤에서 기다리고 있던 사람들은 나를 못마땅한 시선으로 바라보는 것만 같았고 뒤에서 기다리는 사람들을 본 나의 머릿속은 새하얗게 변하기 시작했다.

입국심사자와의 잘 되지도 않는 영어로
몇마디의 대화가 오갔을까..

직원은 가방을 매고 있는 내 모습 그리고 한손에 들고 있는 지도책자를 쳐다보았다.

날 쳐다보고 있는지도 모른채
난 계속 “um.... U...... U....." 만 외치고 있었다.

그녀는 날 상대하기가 귀찮았나보다 몇 분이 더 흘렀을까 그녀가 내게 말했다.

“welcome to london traveller” 그 말과 함께 갑자기 내 여권페이지에 쾅! 도장을 찍어주었다

나는 순간 어쩔줄 몰랐지만 고맙다는 말이 계속 나왔다. 사실 할 줄 아는 말이 이런거 밖에 없었다.

“thank you! thank you!”

뭔가 대단한 하나의 관문을 뚫은 것만 같아 기분이 마냥 좋았고 드디어 내 여권페이지에 첫 도장이 찍히는 감격의 순간이었다.

그리고 무사히 짐을 찾아 입국장을 통해 밖으로 나올 수 있었다. 단지 운이 좋았다고 해야하나.

외국에서도 고개 숙여 인사하는게 예의였던가 거의 20년 넘게 사람들에게 고개 숙여 인사를 하는게 습관이었다보니 입국장으로 나가면서도 고맙다는 말과 함께 난 90도 인사를 하며 밖을 나오고 있었다.

“thank you! thank you! thank you! thank you!”
(고마워요 고마워요 고마워요!)

아무 상관이 없는 사람한테까지 한다는 게 문제였지만.

늦은 밤이라서 그런지 창문 밖은 새까맣았았다. 사람들은 거의 없었고 한국의 공항처럼 시설물 위치를 알려주는 반짝거리는 전광판만이 나를 반겨주고 있었다.

학창시절 원어민시간에서만 보았던 서양 사람을 여기선 어느 곳을 봐도 서양사람들 뿐이었다.

“여기선 내가 외국인이지”

맞다. 여기선 내가 외국인이었다
여긴 한국이 아니라 영국이니까.

난 내 자신이 바보 같았고
어이가 없어서 웃음이 나왔다.
코웃음을 쳤지만 안도도 잠시…

밤도 늦었고 혼자서 밖을 돌아다니는 건 위험했다. 심지어 무거운 배낭에 보조가방까지 여러 짐을 갖고 있는 무방비상태라 자칫하다 불량배라도 만나면 큰일이었다.

나는 공항 안에 있는 벤치에 앉아 미리 예약해 두었던 게스트하우스 숙소를 찾아가기 위해 지도를 펼쳤다.
하지만 그것조차 내겐 너무나도 어려웠다.

여기가 어디고 나는 누구인지..

외국인들에게 어떻게 가는지 물어보고 싶어도
영어 조차 안되는 내 자신이 부끄러웠다

옆을 봐도 앞을 봐도 뒤를 봐도 다 외국인들..
늦은 밤이라 살짝 겁이 나기 시작했다.

선불리 도움을 요청 할 수 있는 사람도 없고 또한 나를 아는사람도 아무도 없기에 도움을 요청하기에 제일 안전할 것 같은 사람을 찾았다.

때 마침 경찰 근무복을 입고 있는 사람이 공항출입구에서 들어오고 있었다. 나는 경찰 아저씨에게 달려가 영어는 안되지만 내가 가고자 하는 곳을 손가락으로 가리키며 손짓 발짓 별의 별짓을 다하기 시작했다.

내가 갑자기 나타나서 그런지 아저씨는 많이 당황하셨던것 같았다. 나는 되도 안되는 영어를 하기 시작했다.

"here(!) what go(?) I want to go!"

내가 무슨 소리를 하는건지 이해가 어려우신 것 같았다. 내가 생각해도 내 영어는 이해하기 힘들었을텐데.. 다행히도 나의 몸으로 말해요 덕분이었는지 경찰 아저씨께서는 가는 방법을 알려주시는 것 같았다.

"저기 저 곳에서 지하철을 타면 돼"

나를 도와줬던 그 경찰아저씨는 손짓으로 언더그라운드라는 표시가 되어있는 곳을 가리켰다.

사실 난 이때만 해도 저게 뭔지 몰랐다. 못 알아들었다는게 들키면 쪽팔릴 것 같아서 그냥 OK만 외쳤고 알려준 방향으로 가보기로 했다.

"일단 저기로 가보라고 하니까 가봐야겠다"

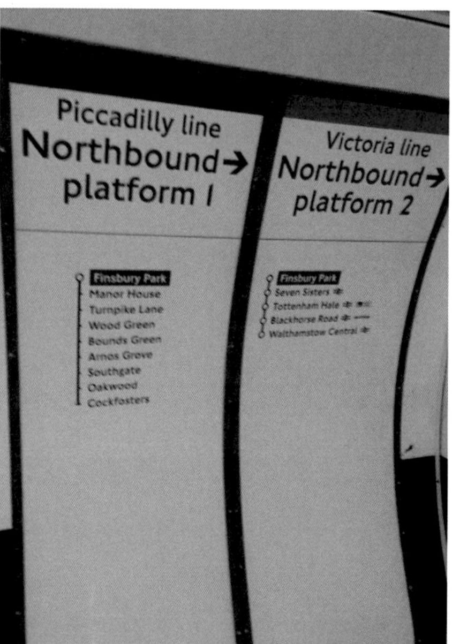

다행히 그 곳은 지하철이었다.

표 한 장을 사는데도 매표소 직원에게 두손으로 아무 말 없이 10파운드를 줬고 거스름돈은 대충 받았다. 한 번 타는데 얼만지 몰랐기 때문이다.

마침 들어오는 전철을 탔다 무슨 생각으로 그냥 전철을 탔는지 나는 한국의 서울 지하철이랑 비슷하겠다는 생각으로 그냥 탔고 이런 와중에도 난 참 긍정적이었다.

"내가 혼자서 표를 끊고 런던 지하철을 타보다니!"

속으로 혼자 설레발을 쳤다.

기쁨도 잠시 어디서 내려야하는지를 모르고 있었다.
미리 사전에 알고 왔었는데 잊어먹었다~~

분명 숙소 주소는 아는데 어디역에서 내려서 가야하는지를 몰랐고 일단 아무데서나 내리기로 했다.

"거의 도착한거 같은데?"

속으로 생각하며 다음 역에서 내려야 겠다는 생각으로 내리려는 찰나 옆에 있던 사람이 갑자기 나에게 말을 걸었다.

"안녕? 그 큰 배낭을 보니 혹시 여행자?"

나는 순간 멈칫했고 꿀먹은 벙어리가 됐다. 혼자여행할 때 가장 중요한 것은 갑자기 말을 거는 사람을 조심하고 소매치기를 만날 수 있으니 조심하라는 블로그 여행자들의 주의를 보고 왔기 때문이다 하지만 나에게 그런 주의사항 따윈 필요 없었나보다.

"네.. 네! 맞아요!"

"어디 가는길이야?"

"저는 지금 숙소를 찾고 있어요
그런데 어디서 내려야할지를
모르겠어요"

"어디 한번 보여줄래?"

나는 최대한 아는 영어 단어를 끌어 모아 내가 가고자 하는 곳을 말해 주었다. 다행히 그녀는 내 말을 알아들었다. 그녀가 도와주려는 마음을 나는 온전히 느낄 수 있었다. 러시아를 경유하고 온 탓에 11시간이라는 비행시간에 나는 너무 지쳐 있었고 빨리 숙소에 가서 쉬고 싶은 마음 때문이었을까 아무에게나 기대고 싶었다.

"그냥 쭉 타다가 Manor house역에서 내리면 돼"

거리는 지하철 한 라인을 타고 4~50분 정도면 갈수 있었던 거리였다. 한국의 공항철도선으로 비유하자면 인천공항역에서 홍대입구역 까지였다.

너무 행복했다. 외국 현지인과 대화를 해봤다는 것을 포함해 숙소에 금방 갈 수 있겠구나 라는 마음이 공존했기 때문이었는지 그저 행복했다.

"땡큐 땡큐! 땡큐 소머취!"

나는 고맙다는 말을 아낌없이 주었고
그녀는 나에 대해 더 궁금한게 있어보이는 눈치였다.

"근데 혼자여행 하는거야? 위험하지않겠어?"

"괜찮아요, 한번쯤 해보고 싶었거든요"

"대단한데? 얼마나 여행 할 예정이야?"

"한달 조금 넘게요. 그리 길지도 짧지도 않게요"

"좋은데? 나는 곧 내려, 부디 조심히 여행 잘 하고
런던에 온 것을 환영해! 즐거운 여행 되길 바래"

그녀는 나에게 지하철 타는 방법을 설명해주었고
덕담까지 남겨주며 손짓인사를 하며 기차에서 내렸다.
만남은 짧았지만 여행와서 처음 맞이하는 말동무였다.

그녀가 알려준 역에 도착하는 시간 동안 창문에 비치는 꼬질꼬질한 내 모습을 보며 난 혼자 심취해 있었다. 서로의 말은 잘 알아듣지 못했지만 현지인과 대화했던게 꿈만 같았다.

역에서 나온 뒤, 앞으로의 도착이 더 쉽지 않았다.

이동이 잦아 가볍게 다니기위해 7kg짜리 배낭하나에 모든 짐을 넣고 오다보니 추울 때 입을 수 있는 옷은 그리 많지 않았고 짧은 면티를 하나 입은 채 지도를 보며 숙소를 찾기 시작했다.

"숙소는 어디있는거야 추워죽겠네!!"

바람은 새차게 불었고 길은 어두컴컴했다.

나는 30분 동안 길을 헤맸다. 이러다 소매치기 당하면 어쩌지 하는 두려운 생각이 들었지만 정신을 차리고 어떻게든 숙소를 찾아야겠다는 마음을 가졌다.

안되겠다 싶어 무료로 통화가 가능한 인터넷 전화를 하기 위해 와이파이가 되는 장소를 찾았고 다행히 패스트푸드점 앞에서 아주 조금 신호가 잡히고 있었다. 게스트하우스 사장님의 번호를 기억해둔 덕분에 전화를 시도해 볼 수 있었다. 늦은 밤이라 그런지 전화하기가 죄송했지만 그래도 얼어죽는것보단 낫겠다 싶어 전화를 시도했지만.. 그러나, 전화 연결은 쉽지 않았다. 휴대폰 스피커 너머로 들리는 소리는 기계음뿐이었다.

"여보세요? 사장님? 사장님?"

나는 사장님을 애타게 불렀다. 하지만 대답은 오지 않았다. 그래도 계속 전화를 걸어보았다. 하지만 또 다시 기계음만 들릴뿐이었다.

5번 넘게 통화를 시도했고
내 마음이 통했는지 다행히 사장님과 전화연결이 됐다.

"여보세요? 사장님?

"네 전...받...아요"

기계음사이로 들리는 목소리.. 그 목소리는 런던에 도착해서 처음 들어보는 한국인의 목소리였다.

"아 들리네요 제가 지금 숙소 근처에 와있는데 어떻게 가야하는지 몰라서요..."

"지.....어.... 아..."

(뚜. 뚜. 뚜.)

아 그러면 그렇지... 전화연결이 또 끊겼다.

피곤했었는데 이런 상황을 마주하니
조금 더 피곤해지기 시작했다.
나는 가게 앞 벤치에 주저 앉았다.

"여행이 참 순탄치만은 않구나.."

여러 많은 생각이 들었고 멍하니 까만 하늘만 바라보았다. 그래도 어떻게든 찾아봐야겠다 싶었고 주변을 1시간동안 샅샅히 찾아본 덕분에 다행히 숙소간판을 찾을 수 있었다. (하면 어떻게든 되더라...)

숙소 찾는데만 1시간 넘게 걸릴 줄 누가 알았을까..
숙소에 도착한 시간은 새벽 1시가 훌쩍 넘어있었다.

찾은 덕분이었는지 그래도 입가엔 미소가 번졌고 나는 곧장 대문 앞으로 달려가 초인종을 눌렀다.

늦은 밤이었지만 게하 스태프분들은 아직 잠을 청하지 않고 나를 기다리고 계셨다고 했다. 만나는 순간 정신과 몸에 있던 모든 긴장은 스르르 풀렸고 난 다행히 첫 여행지 런던에서 잠을 청 할수 있었다. 스태프분들에게 너무 고마웠던 나머지 왠지 모르게 울컥했다.

방을 배정받았는데 6인방을 혼자서 지낼 수 있게 되었다 고생한 만큼 운이 좋았던건지. 넓은 방을 혼자쓰게 되었다.

세상 날아갈 것 같은 기분이었고 나는 그렇게 업어가도
모를 정도로 눕자마자 바로 곯아떨어졌다.

이제 내일부터 본격적으로 여행이
시작된다는 설레임을 가득 안은채 말이다.

아니, 여행이 아닌 고난이 시작된 것일지도 모르지만
다사다난 했던 게스트하우스 찾기는 어려움이 존재 하
긴 했지만 그래도 나에게 만큼은 성공적이었다.

(London Goodman houst)

London - 해외 첫 게하

넓은 침대 그리고 푹신한 이불을 덮고 곤히 잠들다
창문 밖으로 새어나오는 햇살이 아침을 깨워주었다.

기지개를 피고 세면대로 갔다.
한국과 좀 다른 아침이랄까..

원래 집에선 일어나자마자 핸드폰을 뒤적이고
이불에서 10분정도 엉켜있다가 일어났는데 ……

새벽 늦은시간이라 인사드리지 못했던 사장님께 인사를 드렸다. 아주머니께서는 아침식사를 만들고 계셨다.

“안녕하세요!”

아침을 준비하다 나의 큰 목소리에 화들짝 놀라시더니 뒤돌아 나를 보시곤 반갑게 인사해주셨다

“깜짝이야! 어제 전화했던 친구? 새벽에 와서 피곤했을텐데 잠자리는 괜찮았어?”

“네 전날 밤에 도착해서 오늘 첫 도시로 런던을 선택해서 왔어요! 그리고 덕분에 잘잤습니다”

나는 굳이 말하지 않아도 되는 나의 여행 일정을 사장님과 아주머니께 말씀드리고 있었다. 워낙 말이 많은 나였고 기대고 싶은 사람이 필요했던 걸까..

말이 잘 통하는 사람과의 만남이 이틀 만에 하는 대화라서 그런것인지, 나는 대화를 계속 이어갔다.

“미안해 내가 파리에 있다가 어제 새벽에 도착했거든 인터넷 전화통화로 하려하니 많이 끊겼던거같아”

“어휴! 아니에요~ 그래도 잘 찾아올 수 있었어요!”

주인 아주머니께서는 정말 마음씨 따뜻한 사람 같았다. 아주머니께서는 따뜻한 밥과 국 그리고 김치, 갈비까지 맛있는 조식을 차려주셨다.

“한국 음식을 외국에서도 먹을수 있구나!!”

혼자 속으로 생각한 말이 밖으로 튀어나왔는지 입가에 웃음이 핀 상태로 아주머니께서는 말씀하셨다.

“하하!! 외국에서도 한국에서 사는 것처럼 똑같아 한국음식 다 만들어 먹을 수 있어~”

나는 먹은거라곤 전 날 비행기에서 먹은 기내식이 전부였었다. 배가 고팠는지 허겁지겁 먹기 시작했고 이런 내 모습을 본 사장님은 눈이 휘둥그레 지셨다.

내가 밥을 한 공기를 비우자마자
또 다시 밥을 얹어주셨다.

“배가 많이 고팠나 보구나!”

나는 입안에 음식을 가득 넣은 채 말했다.

“네 많이 아주 많이 고팠어요! 전 날 기내식 먹은게 전부였거든요!!”

내가 밥 먹는 모습을 본 사장님께서는 마치 밥을 오랫동안 굶어서 온 것 같다며 호탕하게 웃으셨고 예의 없었지만, 나는 너무 배고팠던 나머지 사장님의 말이 귀에 들리지 않았다.

사장님은 더 먹고 싶으면 언제든 말하라고 하셨고 나는 한국에서는 쉽게 느끼지 못하는 따뜻한 정을 외국에서 느껴 볼 수 있었다.

혼자 왔기 때문이었을까.

사람들에게 기대고 싶은 마음이 컸고 그 기대고 싶은 마음을 전달하지 않아도 사장님께선 이미 알고 계신 것 같았다.

나 말고도 많은 사람들이 오고 간 이 게스트하우스에서 나와 같은 감정을 느꼈던 사람들이 존재 할 것이라 생각했다.

나는 따뜻한 밥 한끼에 큰 행복을 누릴 수 있었다.

"더 주세요!!"

하루의 일과를 마치고 숙소에 도착해 쉬고 있을때 마다
항상 옆에 와서 나와 함께 놀아주었다.

혼자 외롭게 방에 있을거라고 생각했는지
여행하면서 좋은 친구를 만난 기분이었다.

www.safehouse-ss.com
141

London - 첫 도시를 떠나며

런던에서의 여행이 끝날 무렵, 아쉬움을 뒤로 한 채 프랑스로 넘어가기 위해 준비했다.

그런데 왠지 모를 마음속의 빈 공간은 뭘까 준비해서 온 여행이 잘 풀리고 있는거 같다는 감격일까 아니면 짧은 시간이었지만 낯선 곳에서의 사람들에게서 받아온 정과 사랑 때문일까 혼자왔지만 혼자가 아닌듯한 기분이 들었고 유독 좋은 일만 일어났기 때문이었는지도 모른다.

비록 같이 사진은 찍지 못했지만 영어를 잘 하지 못하는 나를 위해 그냥 지나갈 법도 한데.. 음식점 데스크 앞에서 어쩔줄 몰라하는 나를 위해 직접 주문까지 도와줬던 한국 유학생 친구에게서 타지에서 하는 공부는 어떤지에 대해 여러 이야기도 들어볼 수 있었고

타워브릿지 주변 공원에서 만났던 한국 말을 유창하게 할줄 아는 프랑스인 친구에게서 여행에 대한 여러가지 정보를 얻기도 했다.

이렇게 사람들을 만나면서 느낀 것은 처음만나는 사람일지라도 나를 모르는 사람일지라도 우선 피하기 보다는 다가오는 걸 받아 들이고 그들과 대화 해보며

다양한 사람들에게서 받을 수 있는 생각과 얻을 수 있는 감정들을 공감해보기로 했다

BEWARE

프랑스 파리로 떠날 준비를 마친 후, 아주머니와 사장님께 인사를 드렸다. 아주머니께서는 강한 악수와 함께 날 꼭 안아주시며 말씀해주셨다.

"앞으로 여행 잘하고 꼭 조심히 여행 하길 바란다"

항상 민박을 떠나는 사람들에게 해주시는 말씀이었지만 그 말 한마디가 나에겐 정말 크게 와닿았다.

나는 감사하다는 인사를 드렸고, 마지막 인사와 함께

대문을 나섰지만 왠지 모르게 씁쓸했다. 너무 편했었나보다. 떠나고 싶지 않았고 그저 더 머무르고 싶다는 생각이 들었다.

슬픈 감정을 뒤로 한 채, 난 다시 정신을 차렸고 다음 여행지인 파리를 가기 위해 길을 나섰다.

파리로 넘어가기 위해서는 유로스타라는 해저터널 기차를 타고 가야한다. 물속으로 가는 기차라니 기대감은 컸지만 쓸쓸한 기분은 여전했다.

넘어가기 전, 런던 교통카드를 반납하고 나머지 금액을 반납 받았다.

"런던에서의 여행은 진짜 끝이구나.."

이젠 정말 떠날 시간이었다.

해저터널에 탑승했고 출발한다는 안내방송이 나왔다,

"그래도 잘 여행했으니까. 괜찮아."

타워 브릿지도 빅벤도 그리고 비록 짧은 시간이었지만 함께했던 사람들도 다시 만날 수 있지 않을까 하는 미련만이 남은 채 작별 했다.

………………………………………………………………

얼마나 지났을까...
창문 너머로 보이는 갈색의 높디 높은
아름다운 탑이 내 눈에 들어오기 시작했다

Paris

#타고난 길치

“와 집도 이쁘고 도시 색깔도 엄청 이쁘네!”

나는 파리에 도착했다. 기차에서 내린 뒤 아름다운 형형색색의 조각같은 도시에 심취해 있었고 런던을 떠났을 때의 감정은 눈을 씻고 봐도 없을 정도 였다.

런던과 파리.. 각 도시의 분위기는 다 틀린 것 같았다. 런던에서 기차로 2~3시간이면 올 수 있을 정도로 서로 가까운 나라인데도 말이다.

하지만 안도도 잠시, 다른 도시보다 유독 파리에는 소매치기가 심하다는 얘기를 얼핏 블로그에서 본 적이 있었다.

표를 뽑기 위해 무인티켓 발행기 앞으로 가면 현지인이 도와주겠다고 하면서 선의를 베푼다. 하지만 이것 또한 소매치기의 술수라고 했다. 나 또한 발행기 앞에서서 어떻게 하는지 잘모르니 아무 버튼이나 눌러 표를 뽑고 있었는데 진짜가 나타나서 애 뭐야라는 식으로 멍하니 쳐다봤더니 도망치더라..

“긴장 좀 타야겠네..”

난 혹시 몰라 내 자신을 스스로 긴장하게 만들어놨다. 그래서 그런지 사람들의 시선이 무섭게만 느껴졌다. 그저 지나가는 사람들뿐인데 나를 쳐다보고 있는 것만 같았고, 물건을 살 때도 주변을 살핀 뒤 지갑을 꺼냈다.

하지만 그 긴장도 오래 가지 않았고..

나는 칠푼이 같이 내꺼 훔쳐가세요 하는 것처럼 핸드폰을 왼손에 들고 지갑을 오른손에 든 채 펄럭이고 다녔고,

지하철을 타고 있는데 내가 신기하게 생겨서 그런지 여러 사람들의 시선이 느껴져 지하철 한 구석에 쭈그려 앉아있었다.

(예민하게 느껴서 그런 것 같았지만 실제로 많이 쳐다보고 있었다.)

지하철 문은 또 왜 안 열리는지 내려야 했던 곳에 못 내렸다. 알고 보니 지하철은 우리나라처럼 자동문이 아니었다 문을 열수 있는 손잡이가 있었는데 내려야지 하고 문 앞에 있었지만 문이 열리지 않아 마냥 서 있었다.

이래서 사전 정보를 좀 더 알아보고 왔어야 했는데 파리에 대한 정보를 소매치기 빼고는 알고 온게 없어서 여러 정보를 확인하지 않고 온 내 자신이 미웠다.

다행히 한 정거장을 지났지만 내리는 옆 사람을 보고 따라 해서 문을 열 수 있었다. 또 파리 노선도는 너무 꼬여있어서 보기가 힘들었다. 나만 보기 힘 들었던걸까ㅠ_ㅠ...

여행 하기 전, 당시 내가 한국에서 살고있던 지역은 지하철이 없었다. 지하철 보다는 버스가 더 익숙했던 나는 노선도를 볼 줄은 알았지만 자세하게는 몰랐다.

난 타고난 길치였다.

지도를 살피고 또 살펴서 다행히 숙소 근처 까지 도착했다. 얼마남지 않은 거리였는데 지도앱 작동이 잘 되지 않아 근처에서만 계속 빙빙 돌았다.

그런데 여긴 왜 이렇게 무서운 사람들이 많은건가 겉모습만 보고 판단 하는 것은 옳지 못한 행동이지만 따가운 눈초리의 시선은 피할 수 없었다.

도통 어떻게 해야할지 몰랐고 최대한 이곳을 피해야겠다 싶어 주변에 경찰아저씨가 서있길래 물어보았다

“here here I want to go!”

마치 런던에 처음 도착했던 상황과 같았다. 되도 안되는 영어로 말은 했지만 경찰아저씨는 애가 무슨 소리를 하는건지 모르는 뾰루퉁한 표정으로 날 쳐다보았고 손사레 치며 나를 피하기만 했다. 표정과 입모양을 봤을 땐 날 귀찮아 하는 것 같았다.

유럽 국가 중 몇 군데는 아예 영어가 통하지 않고 자국어만 사용한다는 곳이 있다고 했는데 파리가 그런 것 같았다.

길을 잃었어도 멘탈은 깨지지 않았다

이제는 그냥 익숙했다.

이미 경험했던 일이라서 그랬는지 아니면 뭐 크게 잃을게 없다는 생각 때문이었는지 공원 벤치에 앉아 쉬고 있었다.

“어떻게든 되겠지 뭐~~”

아주 태평하게 배낭을 베개로 삼고 의자에 반쯤 누워 있었다.

벤치에서 쉬고 있었는데 저 멀리서 누군가 다가왔다. 아까 나에게 손사례 치던 경찰 아저씨였고 왠지 모르게 못마땅한 표정을 지으시며 나에게 물었다.

"here? home?"

내가 집을 찾고 있는 걸 알아 차리신거 같았다.

“Yes I want to go home”

그러자 아저씨께선 씩웃으며 손모양으로 0를 그리셨다 나는 선글라스를 쓰고 있어서 잘 안보였지만 분명 손가락으로 0모양을 가리키고 있었다.

“어쩌라는거야? 돈 달라고??”

경찰이 무슨 돈을 요구하는지 나는 돈이 없다 하고 자리에서 일어나 도망쳤다

첫인상이 참 신기한 나라였다.

그냥 혼자 힘으로 찾아봐야겠다 싶어 주변을 맴돌다 운좋게 여행중이던 한국사람을 만나게 됬고 주변을 잘 알고 있는 여행자라 다행히 민박집을 찾을 수 있었다.

여행중이던 누나는 나에게 혼자여행할때 필수앱인 지도앱 사용법에 대해 자세하게 설명 해주었고 또 유심칩 구매도 도와주었다.

이젠 어디서든 인터넷이 가능했다!

나는 그 이후로 여행 하면서 지도앱을 많이 활용하기 시작했다 그리고 "돈 없어요" 라는 말을 입에 달고 다니기 시작했다. 돈이 있다고 하면 나에게 돈을 요구했기 때문에..

여행자금이 빠듯했고 또, 나에게 아무 이유 없이 돈을 요구하는 현지 사람들이 있었기 때문이다.

"돈을 준다면 알려 줄 수 있어!"

아 또 시작이네..

"노! 아이돈해브머니!!"

그래도 파리는 즐거웠다. 사진과 책으로만 보았던 장면을 실제로 마주 하고 있다는 것이 꿈만 같았다.

하지만, 떠난지 얼마 지나지 않았음에도 불구하고 여행하면서 간혹 한국에 있는 집이 그리워질 때가 있었다.
또 이렇게 사는게 정말 맞는 삶인지 고민도 생겼었다.

다른친구들은 공부를 하고 취업을 위해 스펙을 쌓고 있는데 과연 내가 여행을 하고 있는 것이 맞는 것인지.. 이래도 되는 것인지.. 말이다.

여행을 하는 과정에서 난 내가 한 선택이 옳은 선택인지 내 자신에게 자주 질문을 던졌고 또 답하고 있었다.

Paris - 싸인 해주세요.

공원 바닥에 앉아 에펠탑을 바라보며 사람들을 구경하고 있었다. 금방이라도 잠이 쏟아질 정도로 햇살은 따뜻했고 잔디는 아늑했다.

잠이 쏟아질 무렵, 저 멀리 서있던 한 여자아이가 날 뚫어지게 쳐다보고 있었고 잠시 후 나에게 다가왔다.

그녀의 한손에는 종이를 들고있었고 또 한손에는 볼펜을 들고 있었다. 내 앞으로 오더니 그녀는 말했다.

"혹시 싸인 해주실수 있어요?"

"엥? 무슨 싸인?"

나는 살짝 의심이 들었다. 도대체 무슨 싸인을 받는다는건지.. 혹시 자선단체에서 나온 사람 인가 생각했고 나는 적당한 거리를 둔채 혹시 몰라서 무슨 싸인이냐고 물어봤다. 그녀는 자기 자신을 자선 단체에서 나온 사람이라고 소개했고 종이를 줄테니 읽어보고 싸인을 해달라는 것이었다.

자선단체에서 나온 사람 치고는 뭔가 느낌이 쎄했다. 나는 잠시 머뭇거리다가 주변을 보았는데 싸인해달라는 사람과 비슷하게 생긴 사람 2명이 나를 멀리서 뚫어 지게 쳐다보고 있었다.

"이거 설마 소매치기 아닌가?"

나는 속에서 큰 의심이 들었고,정말 내가 생각한게 맞았다. 시선을 고정시킨다음, 내 가방을 낚아채려 하는 수법을 쓰려는 것 같았다.

나는 태연하게 행동했고 어차피 싸인해달라해도 무슨 소리인지 도통 모르는 종이라서 괜찮다고 손사레 쳤다.

하지만 끈질기게 쫒아왔다.

그들은 계속 해달라고 내 주변을 맴돌았고
낮잠을 방해 하는 것 같아서 기분이 썩 좋지는 않았다.

그러더니 자기 친구들 2명을 더 불러 왔다. 위험하겠다 싶어 자리를 피했고, 그들은 나를 계속 따라왔다.

나는 너무 화가 난 나머지 "싫어, 꺼져!" 라는 말을 내뱉었고, 그 친구들은 겁먹은 내 모습을 보고선 서로 히히덕 거렸고 비아냥거리며 그 자리를 떠났다. 정말 기분나빴지만 아무 일도 생기지 않아서 한 편으론 다행이라는 생각이 들었다.

파리에서만 만났던 소매치기만 4명 정도 된다. 길을 걸어가고 있는데 갑자기 친한 척 어깨동무를 하며 "김치, 한국, 부산" 한국사람이 잘 알아 듣지도 못하는 말로 한국 도시, 음식 이름을 말 하는 사람도 있었고 내가 저리가라 하거나 싫다고 하면 이 말을 알아들었는지 정색하면서 욕을 날리고 그 자리를 재빠르게 떠난다

이런 일 저런 일 다 겪어보는 순간들 이었다.

"혹시 싸인 해주실수 있어요?"

그냥 좀 가라..

Paris - 아프리카에 놀러오라고?

날씨가 좋아 개선문을 바라보고 벤치에 앉아 바게뜨 빵을 먹고 있었다. 나는 여행하면서 사람들 구경하는 게 재미가 들렸다. 아무 생각하지 않고 구애받지도 않고 아무에게도 방해받지 않는 그런 시간을 가진게 참 오랜만이었다.

내가 참 복스럽게 먹고 있었는지 옆에 앉아있던 어디 나라 사람인지 모를 아저씨가 내게 말을 걸었다.

"안녕? 어디 나라 사람이야?"

나는 잊지 않고 있었다. 혼자 여행할 때는 누군가 말을 걸면 주의를 경계해야 한다고 했다. 여행 중에는 여행자들을 노리는 소매치기가 있을거라 했고 심지어 만나보기까지 했기 때문이다.

"아 뭐야 또 소매치기야?" 속으로 생각했다.

근데 나쁜사람처럼 보이지 않아 나는 약간의 거리를 둔 채 말을 이어 갔다.

"한국사람이고 여행중 이에요~"

"혼자서 여행중이야?"

"네 맞아요!"

내가 혼자서 여행하는게 신기했나보다 그의 이름은 히샴이고 아저씨는 아프리카 사람이라고 했다.

모로코에서 왔다고 하는데 다음에 또 여행을 간다면 가보고 싶은 나라 중 하나가 모로코 였기 때문에 물어보고 싶은 게 많아 히샴 옆에 앉기로 했다.

"모로코에는 사하라사막이 있죠?"

"맞아 넓은 사막이 있지!"

"모로코에 가보고 싶어요! 저는 사하라사막을 가보고 싶었는데 이번 여행에는 아쉽게도 넣지 못했어요"

히샴은 사하라 사막에 대해 설명해주었다. 사막이라는 곳이 낮에는 덥지만 저녁에는 많이 춥고 밤에는 수많은 은색 빛의 별들을 볼 수도 있다고 했다. 유럽 여행 루트를 준비하기 전, 사하라 사막이 그리 멀지 않다는 걸 알고 있었다면 아마도 지금쯤 모로코로 떠나고 있지 않았을까?

후회는 컸지만 히샴을 통해 모로코에 대해 많은 걸 알 수 있었던 계기가 되었다.

희삼은 나와 헤어지기 전 만약 모로코에 가게 된다면
자기한테 꼭 연락을 달라고 하며 쪽지를 건네주었다.

부디 안전한 여행을 하기를 바란다면서..

쪽지에는 알아보지 못하는 글지외 숫자가 빼곡이 직혀
있었고, 나는 그 종이를 아직도 간직하고 있다.

혹시나 후에 모로코에 가게된다면 더 좋은 추억을
만들어 볼수 있지 않을까 하는 기대감에..

세계 3대 박물관인 루브르 박물관을 가보고

에펠탑에서 달콤한 낮잠에 취하며

개선문 꼭대기에 올라가 바라보는 파리 도시는

그저 아름다웠다.

Fly
irates
27

Amsterdam

#이게 다 합법이야?

#나쁜약 #노드러그

파리에서 얼마나 왔을까 긴 시간의 기차 탑승 끝에 네덜란드 암스테르담 중앙역에 도착했다.

파리에서 떠나기 전 날, 네덜란드 문화에 대해 알아보려고 했으나 짧은 일정으로 넣다보니 사전정보를 알아보지 않았다. 직접 몸으로 느껴봐야 겠다는 생각을 갖고 있었기에..

런던이나 파리 같은 경우는 한인민박에서 지냈는데 네덜란드 숙소는 당시에 한인민박을 찾기가 어려워 현지인이 직접 운영하는 호스텔로 잡았다.

항상 새로운 도시에 올때마다 하는 것이 있다. 바로 도시를 구경해보는 것이다. 도시를 구경하는데 있어 항상 설렘이 가득했다. 특히 시장을 많이 가곤 하는데 그 이유는 볼거리가 많고 또 한국에서는 쉽게 볼 수 없는 팔지 않는 신기한 물건도 많이 팔고 있기 때문이다.

짐을 풀고 암스테르담 시내로 나갔다. 정말 암스테르담은 상상을 초월했다. 네덜란드는 마약이 합법이라고 들었다. 내가 느끼기에는 좀 무서운 나라였다.

"우리나라에서는 있을 수 없는 일인데 네덜란드는 합법이라고?"

어떻게 이게 다 합법일수가 있을까하는 생각에 놀라웠다. 시내를 활보하던 중 기념품을 보기위해 가게에 들어갔다. 나는 들어가자마자 정말 놀라운 광경을 보았다. 그냥 아무 생각없이 들어갔던 기념품샵에서 성인용품을 팔고 있었다. 성인잡지, 사진, 심지어 마리화나, 대마초 등 국제 마약 관련 상품도 팔고 있었다.

"이게 도대체 뭐야!?"

한편으로는 신기하기도 했고 한국에서는 절대 볼 수도 있을 수도 없는 곳이다보니 놀랍기만 했다. 괜히 긴장되고 혹시나 하는 마음에 그 자리를 바로 떠났다.

네덜란드 국기나 자석 같은 기념품을 구경하기 위해 다른 기념품 샵으로 갔지만 거기서도 똑같은 상품을 판매하고 있었다. 나는 마약 관련 상품에는 크게 관심이 없어 시선을 피했고 다른 기념품을 구경하던 중 가게주인 형이 나에게 말을 걸어왔다.

CANNABIS CHOCOLATE
airtight
RASTA
CASINO
177

"안녕~ 어디나라 사람이야?"

나는 순간 멈칫했다. 아마도 신기한 걸 파는 매장에서 만나는 사람이라서 그런지 아니면 몰래 구경하다 마주친 사람이라서 그런건지 너무 긴장했는지도 모른다.

나는 태연하게 대답했다.

"한국사람이에요"

"난 타이완 사람이야! 학생? 여행?"

"여행중이에요 근데 정말 신기한 걸 많이파네요!"

나는 놀란 마음이 진정이 아직 되지 않은 상태라 이런 나의 모습이 웃겼는지 타이완 형은 대화 도중 웃음을 멈추지 않았고 나에게 암스테르담을 여행 하면서 조심해야 할 것들을 친절하게 알려주었다.

커피숍에서는 마리화나를 넣어줄 때가 있다고 한다. 그러니 마실 때 조심하고 커피를 시킬 때 넣을 수 있으니 빼달라고 말을 미리 해야 한다고 했다. 아니 어떻게 커피숍에서 마리화나를 넣어줄까?

나는 혹시나 하는 마음에 네덜란드를 여행하면서 커피숍에는 절대 가지 않았다.

그리고 소매치기는 무조건 조심하라했다.

크.. 이건 어디서든 국룰인가보다.

다행히 알고 있는 지식이었지만 호스텔에서 같은 방을 쓰는 할아버지께서도 소매치기를 조심하라고 하셨다. 현지인들이 여행자를 생각해주는 마음이 고마웠다.

생각했던 것 만큼 홀로여행은
그리 어려운 것이 아니었다

나란 사람은 그냥 지나쳐도 될 사람인데
나를 도와주려는 사람들이 존재 했기에
나는 계속 앞으로 전진 할 수 있었다.

네덜란드를 떠나기 전 샌드위치가게에서 점심을 해결하고 있었는데 현지인이 나에게 같이 앉아도 되냐고 말을 걸어왔고 나는 앉아도 괜찮다고 했다. 내 앞에서 샌드위치를 먹는 모습이 참 복스러운 사람이었다.

네덜란드의 대부분 사람들은 처음 보는 사람에게 낯을 가리지 않는 것 같았다.

사람에 대한 기억이 정말 좋았던 암스테르담 여행이었다. 항상 여행하면서 느끼는 거지만 관광지는 관광지일뿐 여행을 하면서 만나는 사람에게로부터 받는 영향력이 관광지보단 훨씬 더 크게 와닿았던 것 같다.

관광지는 그저 사진만 남았다.

하지만 만났던 사람은 평생 내 기억에 남더라.

NY

Brussels
#감자튀김 가게

나는 여행할 때 마다 항상 SNS에 사진을 남겼다. 혹시라도 핸드폰을 잃어버리거나 하면 모든 사진이 날아가버릴 수도 있으니 딱히 저장할 만 한 곳이 SNS만큼 괜찮은게 없었다. 또한 여행 중 외로운 감정이 들때마다 친구들에게 연락을 할 수 있는 방법 중 SNS만 한 게 없었다.

벨기에로 출발하기 전, 20살 때부터 알고 지낸 친구에게서 메세지가 왔다. 내가 여행하고 있는 사진을 보고 연락을 준 것 같았고 마침, 벨기에로 떠난다는 글을 적어 놓은 덕분인지

친구에게서 벨기에는 감자튀김이 유명하니 꼭 먹어보라고 했다. 벨기에는 브뤼셀 도시를 꼭 가보고싶어서 넣었는데 친구에게서 맛집 정보까지 받아 마냥 기분이 좋았다.

브뤼셀은 벨기에의 수도다. 작은 나라였지만 이쁘고 큰 도시를 가지고 있었고 중앙역 근처 건물이 모두 영화에서 나오는 장면 같았다.

근처에 호수가 있어 걷는 것만으로도 힐링이 되는 도시라 하여 이번 여행루트에 넣었다. 브뤼셀도 한인민박 정보가 많이 없던지라, 호스텔에서 지내기로 했는데 암스테르담 여행 때 호스텔에서 지내봤더니 나름 괜찮아서 브뤼셀에서도 호스텔에서 지내보기로 했다.

외국인 사람들과 한 방을 지내는게 이제는 익숙했다.

브뤼셀 감자튀김은 어떤 맛일까 하는 궁금증에 먹어보고 싶어서 중앙역 근처에서 식당을 찾아보기로 했고 눈에 들어오는 식당이 있어 들어가 보기로 했다.

고소한 기름 냄새가 내 코를 간지럽혔고 주인 아저씨는 매장 문 앞에 기대어있다 나를 보더니 반갑게 인사해주었다 매장은 빈티지하여 한국에서는 유명한 맛집을 파는 곳 마냥 분위기가 남달랐고 메뉴는 간단하여 고르는데는 문제가 없었다.

세트를 시켜서 먹고 있는데 주인아저씨는 나를 빤히 쳐다봤다. 그리곤 더 필요한 건 없는지, 맛은 괜찮은지 세세한 것도 많이 챙겨주셨다. 말을 하는 도중에도 미소를 잃지 않으셨다.

그러다 물을 갖다 주시면서 내 지갑을 보셨는지 지갑에 붙어있는 반짝거리는 금색 독수리 문양을 보시곤 이게 뭐냐고 물으셨다.

"이 독수리 모양 뱃지는 뭐야?"

"군대 마크에요 뱃지가 남아서 가지고 있어요"
"오! 멋진걸, 어린 아이인줄 알았더니 군인이구나?"
"아니요! 군대는 전역했어요"
"그래? 군인을 지원해서 갔다 왔단 말이야?"

나는 아저씨와 대화를 오가면서 어리둥절했다. 맞다 벨기에는 우리나라와 문화가 다르다는 걸 까맣게 잊고 있었다. 그래서 무슨소리인지 몰랐고.. 알고보니 벨기에는 모병제였고 그 사실을 뒤늦게 알아차려버렸다.

"저희는 징병제라 보통 20살 때 부터 군대에 가요"
"징병제구나! 우리나라와 다르다는 걸 몰랐네!"

아저씨도 헷갈리셨나보다.

"네 지금은 보다시피 여행하는 백수죠 또 다르게 말하면 그냥 노는 사람 이에요"

내가 군인 인줄 아셨나보다 나는 다른사람에게 날 소개 할 때 항상 2가지의 직업을 말했다. 하나는 어디든 갈 수 있는 여행자라 말했고 또 하나는 직업이 없는 백수이자 자유로운 사람이라고.

아저씨께서는 군대에 다녀오셨다고 하는 것 같았다. 지금은 전역하시고 장사를 하고 계신다 하셨다.

우리나라의 군대 얘기를 듣고 깔깔깔 웃기도 하셨고 남자들의 군대 얘기가 외국에서도 통할 줄 누가 알았을까.. 한국에서도 친구들끼리 모여있으면 가끔 군대 얘기를 하게 되는데 외국에서 이야기 할 줄이야

벨기에 브뤼셀 사람들은 친절했다.

마치 바쁜 도시의 일상을 떠난 것 처럼 조용했고
한 폭의 그림같은 풍경에 앉아 있는 것처럼
그저 따뜻했다…

그런 정든 마음을 있는 그대로 느껴 볼 수 있었던
도시이자 그 속에서 살아 가고 있는 사람들과 함께
했던 시간의 향기에 난 취해 있었다.

EBENE

#익스트림 #4000m

Praha

#스카이다이빙

네덜란드를 지나 독일에서의 여행을 마치고 난 체코로 이동했다. 체코 프라하는 물가가 굉장히 저렴했다.

레스토랑에서 우리 돈 15,000원 정도만 있으면 한 끼를 배불리 먹을 수 있을 정도였다. 삼시세끼 레스토랑에서 고기를 썰었고, 한국에서는 쉽게 먹을 수 없는 고급스러운 빵을 먹어봤다.

체코에 오면 꼭 먹어봐야한다는 굴뚝빵을 먹었는데 사실, 이게 체코에서 유명한 빵인지 모르는 상태에서 먹었다.

꼭 여행을 하기 전에 세세하게 계획을 짜거나, 뭘 먹어봐야한다는걸 알고 갈 필요는 없는 것 같다. 굳이 내가 계획을 하지 않아도 이곳을 방문하고 있는 여행자들과 그리고 나를 위해 이미 모든 것들이 준비 되어있는 것만 같았다.

사실 체코를 여행루트에 넣은 가장 큰 이유는 오스트리아에서 이탈리아로 넘어가기 전 쉽게 들릴 수 있는 나라였고 무엇보다 죽기 전에 꼭 해보고 싶었던 스카이다이빙을 해보기 위해 여행 일정에 넣었다.

익스트림 스포츠를 워낙 좋아하는 성격이라 상공 4,000m에서 떨어져 보는 아찔함을 느껴보고 싶었고 우리나라에서 스카이다이빙을 하는게 굉장히 비싸기도해서 체코에서는 반의 반값인 20만원만 내면 장비제공과 더불어 동영상 촬영까지 해주는 다이빙 체험을 할 수 있다고 했다.

아침 일찍 일어나, 스카이다이빙 체험 장소로 이동 했다. 차로 1시간을 타고 가야하는 곳이라 출발 하기 전 긴장을 했다기보다는 너무 졸려 태평하게 잠을 잤다.

스태프들은 스카이다이빙 하는게 두렵고 떨리지 않냐고 나에게 물어봤지만 내가 선택한 것이기 때문에 떨리지 않고 긴장 또한 되지 않는다고 했다.

또한 아침 6시부터 준비해서 그런지 많이 피곤했기 때문에 나에겐 잠이 더 중요했다. 마침내 도착했고 스태프분들이 영어로 주의사항을 말해줬지만 나는 알아듣지 못했다. 다행히 손을 양옆으로 피고 다리를 접지 말라는 동작은 알아들었다.

나도 참.. 어떻게 하려고 그러는지 혹시라도 사고가 나면 그 누구의 탓도 할 수 없었다. 여행자 보험이라도 들어서 한 편으로는 다행이라는 생각이 들었다.

"죽으면 죽는거지 언제 한번 해보겠어"

큰 기대를 안고 경비행기에 탑승했다. 출발 사인과 동시에 비행기는 하늘로 치솟았다. 비행기가 수평을 지어서 천천히 올라가는게 아니라 마치 구름을 뚫고 올라가는 것처럼 위를 보며 날아갔다 덜컹 덜컹 덜컹하며 비행기가 심하게 흔들렸고 슬슬 실감이 나기 시작했다. 20분 쯤 올라왔을까 비행기 출입문을 여는가 동시에 문 밖의 구름들은 우릴 반겨주었고 밑에 있는 건물들은 모두 점으로 보였다.

긴장한 내 모습을 보았는지 스태프가 물었다.

"괜찮아요? 뛰어 내릴 수 있겠어요?"

바람소리가 너무 심해 잘 들리진 않았지만 입모양으로는 나를 걱정해주는 말을 하는 것 같았다. 나는 괜찮다고 했지만 당연히 안 괜찮았다.. 여기서 어떻게 뛰어내리라는 건지 뛰어야할지 말아야할지 생각할 틈도 주지 않았고 올라올 때까진 긴장이 되지 않았는데 문 밖에서 보이는 광경이 나의 마음을 단 한번에 긴장 시켰다. 내 벨트는 스태프의 체인과 연결되고 있었고 멍하니 정신 못 차리고 있는 내 모습을 보았는지 스태프들이 말했다.

"정신차려요! 이제 뛸거에요!"

나는 비행기 출입구 문 앞에서 다이빙 강사와 함께 매달려 있었고 내 발 밑은 아무것도 없었다.

바람이 정신차리고 뺨을 때리고 있는 것만 같았고 옆에 있던 직원이 3, 2, 1 숫자를 크게 외쳤다. 1이 끝나는가 동시에 눈 딱감고 있던 나는 눈을 크게 떴고

우리는 뛰어내렸다!

나는 하늘을 날고 있었다 그리고 크게 환호 하고 있었으며 모든 걸 날려버리고 있었다. 그동안 여행을 준비하면서 힘들었던 과정들을 모두 떨쳐버리고 싶었던 걸까 아니면 앞으로의 삶을 더 나은 삶으로 살고 싶었던 용기가 생겨난 걸까 바람에게 몸을 맡겼고 나의 모든 마음의 짐을 하늘에 고스란히 내려놓기 시작했다.

그 짧은 시간에도 나는 변하고 있었다.
모든 짐을 내려놓고 왔으니 그 빈자리에는
더욱 큰 용기가 채워 질 수 있기를 바라면서…

그들은 나에게 잊지 못할 추억을 선사해주었고 잘했다며 큰 박수까지 보내주었다. 마치 주인공이 된 것처럼 뿌듯했고 한편으로는 마음이 후련했다.

"하고나니 별거 아니구나."

집으로 돌아가는 시간동안 창문 밖을 보면서 여러 생각이 떠올랐다.

뛰어 내리기 전, 내 마음 속에는 많은 생각과 고민 그리고 긴장까지 존재했다.

내가 여태까지 살아왔던 삶에 빗대어보면 항상 나는 무엇인가를 하기 전에는 도전에 대한 걱정을 많이 해온 것 같았다. 할 수 있다는 생각보다는 다른 안 좋은 생각들이 내가 하고자 하는 도전을 막고 있던 것일지도 모른다.

나와 내 정신을 망칠 수 있는 것은
오로지 내 자신의 근심과 걱정뿐이라는 것을

나를 성장 시킬 수 있는 것은
오로지 내 실행력과 정신력뿐이라는 것을
그리고 강한 마음이라는 것을 느낄 수 있었다.

그 짧은 시간에도
나는 나를 변화시키고 있었다.
앞으로는 더욱 큰 용기를 가질 수 있도록

참 잘왔다는 생각이 들었다.

만약에 여행은 무슨 여행이냐며
도중에 포기했었더라면

하지말라고, 가지말라고
누군가 나를 붙잡았더라면

아마도 시간을 잊은 채
깊은 감정들을 느끼지 못했겠지

새로운 사람들
그리고 풍경들

그로 인해
나는 조금씩 성장하고 있었다.

누군가 알아주지 않는다 하더라도
내 자신은 이미 알고 있었다.

Salzburg
#야간열차안에서

#화장실취침

오스트리아에서 이탈리아로 넘어가는 야간열차를 예약했다. 밤 11시에 출발해서 아침 6시에 도착하는 기차라 숙소비용도 아끼고 이동시간도 아끼는 일석이조인 셈이었다.

배낭을 챙기고 피곤한 몸을 이끌어 야간열차에 탑승했다. 잠을 잘 수 있도록 침대가 있는 칸을 예약했는데 나는 너무 피곤한 나머지 탑승과 동시에 자리를 찾기 시작했다.

"11번 12번 13번 14번.."

내 번호는 15번이었다.

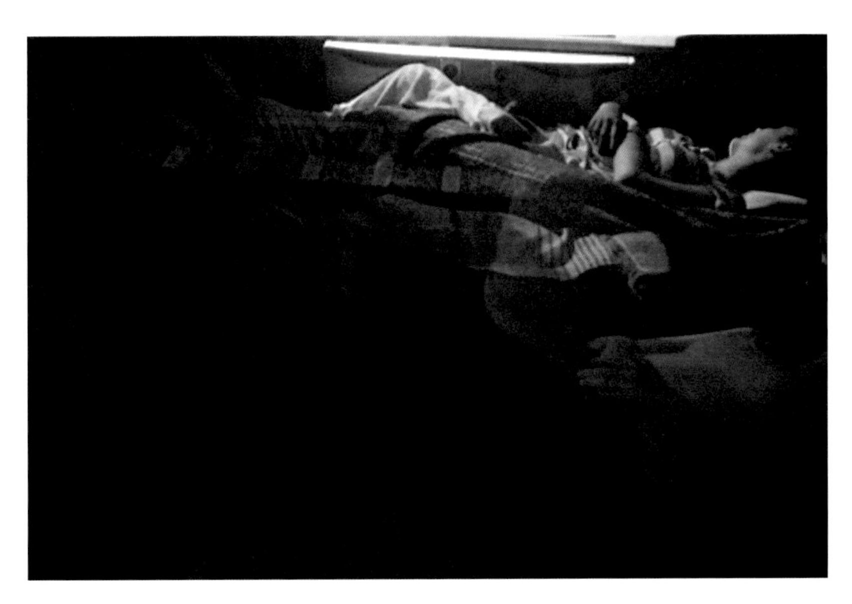

드디어 15번 좌석을 찾았고 들어가려고 하는 순간 유리창 너머로 보이는 광경에 어이가 없었다. 이미 사람들은 대자로 뻗어 자고 있었다. 자고있는 건 상관이 없었지만 내 자리가 없었다.

뭔가 싫어서 문을 열어봤지만 문은 열리지 않았고 문을 두들겼지만 아무도 답을 하지 않았다.

이 열차의 특징으로 말할 것 같으면 한 룸에 좌석이 15번부터 20번까지 들어 있어서 이 안에 들어가 있는 번호를 가진 승객들이 한 룸을 쓴다. 일부러 가격을 싼 걸로 했더니 이런 상황이 벌어진 것이다

승객들이 한 방에서 잘 수 있게 되어있는 구조라 문을 열지 않는 이상 깨우지도 못하는 상황이었다.

"내 자리까지 차지해서 자고있네!"

어처구니가 없었고 화가 났다. 화낼 힘조차 없었고 나는 어쩔수 없이 가지고 있던 배낭을 복도 바닥에 깔고 쭈그려 앉아 잠을 청했다. 그대로 앉았다간 엉덩이가 얼어버릴 정도로 차가웠다.

지나가는 기차 승무원이 있으면 도움을 요청할 예정이었지만 1~2시간을 기다려도 오지 않았다.

복도는 너무 추웠고 어두컴컴했다.

너무 추워서 화장실에 들어가 잠을 청하기로 했다.
하지만 냄새가 코를 찔렀다.

오줌냄새, 똥냄새 별의별 냄새가 다났다.

바닥은 너무 차가워서 변기에 앉아서 쉬기로 했고 잠이 냄새를 이겼는지 그대로 변기에서 곯아떨어졌다.

도중에 냄새 때문에 잠에서 깰 때는 다시 복도로 갔고 복도가 너무 추우면 다시 화장실로 갔다.

얼마나 왔을까 복도에서 자고 있던 나는 창문사이로 들어오는 햇빛에 잠이 깼다.

7시간을 복도와 화장실을 오가며 잠을 잤더니 온 몸이 쑤시고 힘들었다. 내릴때 쯤 나는 화가 잔뜩 난 상태로 내 좌석 룸으로 돌아가 내 자리를 뺏은 사람에게 한 소리 하려고 했는데 그들은 이미 떠나고 없었다.

"에이! 짜증나 죽겠네!"

Italy
#유럽하면 이탈리아
#베네치아 #피렌체 #밀라노 #친퀘테레
#피사 #로마 #바티칸

야간 열차에 탑승하고 화장실과 복도를 오가고 잠을
잘 못자서 그랬는지 정신이 혼미했다.

간 밤에 오랫동안 맡았던 똥냄새 오줌냄새가 아직도
내 코를 맴돌고 있는 것 같았다.

그래도 사고가 발생하지 않아서 다행이었다.
만약에 내가 잤던 식으로 잤다가 혹시라도
무슨일이 생겼다면 큰일이었을텐데

그래도 이탈리아에 잘 도착했으면 됐지 뭐~~

베네치아는 물의 도시라고했다.

버스는 수상버스고 곤돌라가 수 없이도 많았다 다리 밑을 왔다 갔다 하며 가끔 곤돌라에선 청량한 노래소리가 들리기도 했다.

시장에서 파는 전시회 가면은 마치 오페라의 유령을 연상시켰고, 건물 또한 도화지에 있는 집을 붓으로 색칠 하고 그린듯 이쁘고 멋있었다.

그저 바라보기만 해도 도시는 이쁘고 황홀했다.

NO MAFIA VENEZIA E SACRA

난 가끔 힘이 들어 공원에 앉아 뛰어노는 아이들의 모습을 보며 잠시 쉬어가기도 했다.

꼭 여행이라는 것이 무엇을 해 봐야 한다는 것에 중심을 잡지 않기로 했다.

과정에서의 힘듦과 고달픔 그리고 즐거움과 행복을 그냥 있는 그대로 느껴보고 싶었다.

때론, 나와 일정이 비슷하여 외국에서 만난
형과 누나들이 나와 함께 해주었다.

늘 새로운 사람들을 만났고 그들은 그들만이
갖고있는 깊은 지혜를 내게 나눠주었다.

여행을 하면서 평생 잊지 못할 대화를 했었다.

게스트하우스에서 만난 항공기장 아저씨의 말이 문득 생각났다.

성현아, 나는 너가 정말 부럽다!
어떻게 그렇게 꿈을 위해서 계획하고 실행하고
또 혼자 올 수 있는 용기가 정말 대단한거 같아.

앞으로 살아가면서 지금까지 해왔던 것처럼 그 용기 잊지 말고 계속 자기 스스로 원하는 것을 꼭 이루면서 살았으면 좋겠어 내 마음이 원하는게 뭔지 자신에게 질문하고 또 답을 주면서 말이야

너의 인생에서 가장 소중한 것이 무엇인지 생각해보고 깨달으렴.

나는 말이야. 지금까지 이룬 것들 모은 것들 엄청 많다해서 혹여나 잃는다해도 너의 나이로 돌아가고 싶단다.

정말 도전해보고 더 놀아보고 더 흥겨운 20대를 보내면서 말이야.

절대로 다른 사람의 시선에 너를 맞추려고 하지마렴
너의 진정한 가치는 니 자신이 평가하는거란다

마치 태양처럼 따뜻한 사람이 되라고
무언가에 쫓지말고 스스로 빛을 낼 수 있는
그런 사람이 되었으면 좋겠다고 말이다.

ACM
1899

베네치아와 더불어 피렌체, 밀라노, 로마, 피사, 친퀘테레 각자 다른 매력을 가진 도시를 오고 갔다.

밀라노에서는 비록 축구경기를 보지는 못했지만, 산시로 경기장에 들어가 구장 잔디를 직접 밟아보았고, 두번 다시는 못들어 갈... 아니 평생 들어가 볼 수 없을 선수들의 대기실에 들어가보기도 하며

젤라토는 1식 1젤라또 라고 하기에 매일 먹었던 것 같았다. 여행 기간 중 많이 걸었지만 그만큼 많이 먹어서 그런지 살이 더 찌고 있는게 흠이었지만...

피렌체에서는 마치 이쁜 유리 조각을 붙여놓은
듯한 아름다운 도시를 바라보며
도시에 심취해있었고,

5개의 작은 바닷가 마을 친퀘떼레에서는
한국에서는 쉽게 볼 수 없었던 최고의 야경을 보았으며,

로마와 바티칸에서는 루브르 박물관에 이은
세계 3대 박물관인 바티칸 박물관에 들어가

어린시절 학교 다닐 때, 그저 교과서에서만 보았던
사진의 미술품들을 직접 설명도 들어보고
내 눈으로 가득 담아오기도 했다.

이곳 저곳을 누비다보니

어느새 집으로 돌아갈 시간이 되었고

예약했던 러시아항공이 결항된 바람에 정말 운이 좋게 러시아 항공에서 대한항공사 항공권으로 티켓을 바꿔 준 덕분에 싼 가격에 비싼 비행기를 타 볼수 있었다.

나의 첫 비행이자 첫 번째로 떠났던 나 홀로 배낭여행을 마치고 온 나는 인천국제공항에 도착한 뒤 배낭에 기댄 채 한 참을 의자에 앉아있었다.

꿈만 같았던 여행이 끝났고 이제는 현실로 돌아가야 할 시간이라서 그런지 한 편으로는 후련하기도 했고 또 한 편으로는 두려운 감정이 맴돌았다.

나는 분명히 변해 있었다.
외적인 것은 분명이요
내적인 것 또한 변해있었다.
나는 좀 더 강한 사람이 된 기분이 들었다.

여행기간 동안 자르지 못한 머리는 더벅머리가 되어있었고, 새하얗던 피부가 새까맣게 변해 있었다. 누군가 나에게 친절을 베푼다면 thank you를 외칠 것 만 같았다. 그 만큼 현지사람들에게서 고마웠던 일들이 참 많았다. 하도 Thank you만 외치고 다녔으니 말이다.

아쉬움을 뒤로한 채 집으로 가는 버스티켓을 끊었고 나는 버스에 탑승했다.

언제 다시 갈지는 모르지만, 혹여나 다시 떠나게 된다면 지금보다 더 좋은 추억을 만들어 볼거라는 기대감을 끌어 안고 나는 숙소가 아닌 진짜 우리 집으로 향했다.

여행을 마치고 온 다음날, 나는 바로 일을 시작했다.

운이 좋게도 유럽여행자금을 모았던 곳에서 연락이 왔다. 마냥 쉬고 싶지 않았고 돈이라도 벌며 앞으로 뭘 해야 할지 고민을 해보기로 했다.

보름 정도의 시간이 더 흘렀고
나는 대학교 입학 준비를 다시 해보기로 마음 먹었다.

이번에는 저번처럼 실수하지 않기 위해 여러 정보를 알아보았고, 또 대학 등록금을 마련하기 시작했다.

그렇게 3개월의 시간이 더 흘렀고 나는 여전히 대학 입시를 준비하는 그저 그런 평범한 아르바이트생의 길을 걷고 있었다.

앞으로 살아가야 할 미래에 대한 생각과 걱정이 컸던걸까.. 마음속 깊히 잠들어 있는 불안함이 내 가슴 한 구석에 자리 잡고 있었고, 잊지 못할 추억들이 고스란히 쌓여 있어서 그런가.. 답답하기만 했다. 그래서 더욱 일을 열심히하고 친구들도 자주 만나고 하며 그렇게 내 스스로를 위로했다.

하지만 일을 마치고 집에 도착할 때 마다 보게 되는 것은 유럽 여행 때 찍었던 사진들이었다.

여행기간 동안 만났던 사람들, 먹었던 음식들 보았던 풍경들이 내 책상 위에 고스란히 펼쳐 있었다.

AWARDS
WHICH CONFIRMS THAT
Sung Hyun Park
COMPLETED A
TANDEM JUMP
DATE
"THERE IS SIMPLY NOTHING ELSE LIKE IT"
THE LION KING

이런 마음들을 달래기 위해 여행 커뮤니티에서 다른 사람들의 여행기를 읽으면서 대리만족했다. 하지만 크게 위로가 되진 않았다.

난 또 여행이 가고 싶어졌다. 하지만 여행보단 중요하게 생각 되는 것들이 많은 것이 사실이었다.

스펙도 쌓아야했고, 공부도 해야 했지만..

여행으로써 얻는 무엇인가 존재했기 때문에 나는 다시 한번 여행을 가고 싶었다.

그래 맞다 여행가는 것이 나쁜 것은 아니었다! 며칠을 고민한 끝에 난 다시 한번 여행을 해보기로 마음 먹었다.

대학교 등록금으로 마련한 돈으로 여행을 간다는 건 무모한 짓이었지만 나름 내 머릿속에서는 계산이 떠올랐다.

"이 정도만 쓰면...되겠지?"

어느 정도 여행자금만 모으면 대학등록금 까지 내가 해결 할 수 있었고, 대학생활 동안 장학금을 받거나 아르바이트를 하면 등록금 문제는 해결 할 수 있었다.

또 자취할 생각은 죽어도 없었기에 큰 돈이 나가지는 않을거라고 미리 계산까지 해둔 상태 였다.

아마도., 공부를 이렇게 했으면
좋은 대학에 갔을지도 모른다.

생각처럼 될진 모르겠지만
나는 다시 한번의 또 다른 추억을 만들기 위해
나 홀로 배낭여행을 다시 가보기로 했다.

"그래! 한번 가보자!"

그곳은 바로 미국이다!

los angeles

#할리우드 간판이 여기에?

#LA #스타의거리

13시간이라는 장시간의 비행 끝에 나는 LA에 도착 할 수 있었다. 한번 이상의 경유를 해야지만 싼 티켓을 구할 수 있었고. 조금 힘들어도 가격만 낮출 수 있다면 어떤 고난이든 이겨낼 수 있었다.

처음 여행이 아니라서 그런지 유럽 여행 때보다 더 수월하게 움직일수 있었고, 무엇보다 영어는 잘 못하지만 이번 여행에서는 영어공부를 조금 하고 출발했다.

다행히 영어 말이 통하는 곳이니 마음이 한편으로는 가벼웠다. 하지만 나는 여행하면서 항상 막히는 구간이 있었다. 미국에서도 입국심사를 받는 것부터 문제가 생겼다. 당시 국제 테러가 크게 발생된 상황이라 여느때와 달리 더 까다로웠다.

영어로 미국에 왜 왔는지, 언제 떠날 것인지 등 나에게 많은 것을 물어보았다. 영어공부를 하고 온들 무슨 소용이 있었을까. 나는 그냥 트래블만 외쳤다.

어느 나라던지 여전히 입국심사자의 눈빛은 날카로웠고, 금방이라도 날 잡아갈 것 같은 눈빛으로 바라보았다. 항상 외국인을 만날때 마다 할줄 아는 말인 um.. um.. 만 외친 나는 어떻게 해야할지 모를 생각에 머릿속이 새 하얗게 변했지만 나의 유럽 여행때 찍었던 도장들과 복장을 본 입국심사자는 내가 평범한 여행자처럼 보였나보다. 웰컴투 아메리카 라는 말과 함께 새하얀 웃음을 보여주며 도장을 찍어 주었다.

어느나라든 다 똑같구나..

LA의 햇살은 따뜻했다.

한국은 초겨울 날씨라 찬바람에 선선했는데 LA는 굉장히 따뜻했다. 한국에서 기모가 들어간 긴 맨투맨 옷을 입고 온 나는 땀을 뻘뻘 흘렸고, 이번 여행도 날씨 빼고는 사전 정보를 알아보지 않고 왔다. 근데 이렇게까지 더울줄 몰랐다.

“기상온도 14도 15도가 이렇게 더운거 였나..”

원래 자기가 여행하는 곳에 대한 문화와 기타 정보를 알아보고 가는게 맞지만 꼭 알고 있어야 하거나 진짜 조심해야할 것이 아닌 이상은 딱히 안 알아본다.

이게 내 여행스타일이자 나의 룰이었기에 괜찮았다.

이번 여행에선 짐이 많아 배낭 뿐만 아니라 캐리어 까지 끌고온 탓에 점점 더 지쳐만 갔다.

여행을 하기 전부터 지치면 안되겠다는 생각에 정신을 차렸고 얼떨결에 게스트 하우스로 향하는 버스에 탑승했다.

우리나라 한국처럼 교통카드로 버스에 탑승 할 수 있어서 TAP카드를 구매하였고, 뜨거운 햇살을 맞으며 창밖으로 LA의 도시를 구경했다.

“여기 나무는 다 야자수 같이 생겼네”

꼭 갈색 빛이 도는 제주도에 온 것만 같았다.

저 멀리서 보이는 할리우드 간판

“응? 할리우드 간판이 LA에 있었어?”

나는 할리우드 간판이 LA에 있는지 모를 정도로 정보를 안 알아보고 온 상태였다.

사진으로만 보던 할리우드 간판을 내가 직접 보게 되는 날이었다. 또 LA 여행을 준비하면서 LA와 로스앤젤레스가 같은 뜻인지 모르고 있었던지라.. 자랑은 아니지만 그만큼 나는 무식했고 초보여행자라서 그런지 공부를 좀 더 하고 올걸 그랬나 보다.

안되겠다 싶었고 숙소 도착 하기 전에 정보를 조금 알아보고 가야겠다는 생각에 미국 유심칩을 아직 구매하기 전이라 와이파이가 되는 가게에 들어가 여행지에 대한 정보를 수박 겉 핥기 식으로 공부했다.

그렇게 정보를 샅샅히 알아보곤 했지만
별 큰 의미가 없었다.

그냥 끌리는대로 가보기로 했고
LA에서의 본격적인 홀로 여행이 시작되었다.

두 번째 배낭 여행!
잘 할 수 있겠지..?

나는 항상 외국을 여행할 땐 그것도 혼자서 여행할때는 현지에 있는 한인민박을 먼저 알아본다. 그 이유는 그곳엔 여러 가지 물어볼 수 있는 사람들이 많기 때문이다. 외국 호스텔 같은 경우 서로의 말이 통하지 않거나 거의 대부분 친구들과 오는 사람들이 많아서 물어볼 수 있는 방법이 그리 많지 않기 때문이다.

그래서 여행을 떠나기 전, 정보를 알고 오는게 아니라 현지에 있는 사람들에게 직접 듣는게 더 값진 여행 정보를 받을 수 있기 때문에 한인민박을 먼저 찾는다.

다행히 미국은 한국 사람들이 많은 덕분에 한인민박이 꽤 많았다. 그 중에 나는 가격이 괜찮은 한인민박을 선택했다. 여태까지 지냈던 한인민박보다 훨씬 시설도 괜찮았고 마음에 들었다.

게스트 하우스는 혼자 온 사람들끼리 친구가 된다.
그래서 나는 게스트하우스를 좋아한다.
그것도 가정집 같은 게스트하우스를 말이다.

처음보는 사람들이지만 여행이라는 단 두글자가 가슴속을 설레이게 해주기 때문에 금방 친해진다. 하지만 또 금방 헤어진다.

푸른솔 게스트하우스

그 만큼 만남과 헤어짐이 잦다보니,
사람에 대한 정이 많이 무뎌지기도 한다.

하지만, 그 만큼 많은 사람들을 만나볼 수 있게 되어
그 사람들로 인해 편견 없는 다양한 생각을 갖게 된다.

los angeles - 삥 뜯긴 날

나는 LA 시내를 돌아다녀 보기로 했다. 항상 여행 할 때 마다 하는 것이다. 혼자서 이어폰을 꽂고 분위기에 맞는 음악을 들으며 그 누구의 시선도 느끼려고 하지 않은 채 말이다.

그저 관광지에 가서 사진을 찍고 맛집을 찾아가는 것만이 여행이 아닌 마치 모험을 하듯 현지 거리에서 뿜어져 나오는 여행의 즐거움이 존재한다고 해야할까?

그렇게 한참을 걷다보니 어느새 내 발 밑에는 별 문양이 그려져 있는 그림이 있었다. 이게 무엇인지 한참을 보다가 별 안에 새겨져있는 이름을 보곤 뒤늦게 알아차렸다.

이곳은 바로 스타의 거리였다. 인터넷에 쳐봤더니 이곳은 세계 여러 유명 배우들이 이름을 남기는 곳 이라고 했다.

"와 한국배우 이름도 있네!"

배우 안성기와 이병헌의 손도장도 볼 수 있었다. 그렇게 스타의 거리를 활보하면서 거리를 구경하다 갑자기 뒤에서 누군가 나를 툭! 쳤고 나는 놀란 마음에 뒤를 보았더니 현지 외국인 이었다.

"hello?"

"??? 뭐야?"

나는 놀란 마음에 애 뭐냐는식으로 쳐다보다

"a...? hello!"

정신차리고 인사를 받아줬다.

미국에선 딱히 존댓말이 존재하지 않으니까 나도 모르게 손을 번쩍 올리며 미국식 인사를 해줬다. 사실 많이 당황스러웠지만 나는 크게 거부감을 느끼진 않았고 나쁜사람은 아니겠다는 생각이 들었다.

"나는 너랑 사진을 찍고 싶은데! 사진찍을래??"

"나랑??"

갑자기 사진을 찍자고? 외국인을 맞이하는 인사법인가? 난 의심을 할 시간 조차 없이 저 멀리 서있던 5~6명 정도 되는 현지인들이 내가 있는 쪽으로 달려왔다. 그리곤 사방에서 쏼라쏼라~ 말하는 소리가 겹쳐서 알아듣지도 못하는 영어로 나를 공격하기 시작했다.

"오 헬로우 헬로우 나이스밋츄 "
"코리안 코리안? 헬로우"
"픽쳐픽쳐 픽쳐 두유원?"

정말 정신 없었다.

여기 저기서 들려오는 알아 들을 수 없는 말이 내 양쪽 귀를 괴롭혔다. 싫다고 말하기도 전에 그들은 이미 내 핸드폰을 낚아챘고 카메라 어플을 켜서 나에게 들이밀었다.

바로 내 옆에 있던 랩을 잘 할것 같이 생긴 친구가 나에게 어깨동무를 하며 사진을 찍기 시작했다.

표정을 지을세도 없이 그냥 찍혔다.

그래서 엉망진창인 얼굴로 사진이 찍혔다. 그렇게 사진을 몇장 찍고나서 나는 가봐야할 때가 있어서 가야한다고 말한 뒤 뒤돌아서서 가려고하는데

"헤이! 우리랑 사진 찍었으니까 돈을 줘야겠어!"

그 말이 끝나는가 동시에 그 자식과 한 패 였던 애가

"이 CD 너에게 팔게 내 음악 CD야!"

이게 무슨 말도 안되는 소리인지 CD 산다고도 안했고 자기들이 찍자고 하고 사진 찍었으면서 나보고 돈을 달라고 한다. 나는 어이없다는 표정을 지었고 그 표정이 못마땅했는지 들고있던 CD를 나에게 던졌다. 그리고 여러 명이서 나에게 달려들기 시작했다.

나는 그 자리에서 쭈구리가 되었고 조심스레 말을 꺼냈다.

"나 돈없어!"

"거짓말 하지마! 여행자는 돈이 많다고 들었어!"

"내가 가지고 있는건 5달러뿐이야!"

다행히 환전한 돈은 일부만 챙겼었고 숙소에 두고 와서 없었다. 내 지갑을 낚아 채더니 지갑에 있던 5달러를 빼기 시작했다.

"5달러말고 20달러 내놔!"

"나 정말 돈 없다니까 5달러 밖에 없어"

마치 한국에서 불량배들한테 돈 뜯기는 것 같은 기분이 들었고 더 이상 화를 주체할 수 없었다. 하지만 나는 혼자고 이 사람들은 6명이라 다굴 당하기 싫었다.

어떻게 해야하나 싶어 돈을 주지 않고 도망가려고 했지만 안주면 폭행과 같은 큰 일이 벌어질 것만 같았다. 결국 그들은 내 지갑에 있던 5달러 3장을 모두 가져갔다.

한국에서 한번도 당해보지 못한 걸 타지에서 돈을 뜯길 줄은 몰랐다.. 다행히 TAP 교통카드는 그대로 있었고 숙소에 돌아가는 건 문제가 없었다.

화나고 어이가 없었던 지라 아무생각이 없었다. 그들은 떠났고 나는 한참을 벤치에 앉아있었다. 멍하니 벤치에 앉아있는 시간이 꽤 길었는지 민박 사장님에게서 연락이 왔다.

"성현! 오늘 저녁에 민박 사람들끼리 같이 밥 먹으러 가자!"

"아.. 사장님 저 돈 뜯겼어요"

"설마 사진 찍자고했니? "

"아니요 사진을 찍자고는 안했는데 자기들이 와서 사진 찍더니 돈 내놓으라고 해서 어쩔수 없이 돈을 줬어요"

"이런 스타의 거리에는 분장을 하고 팁을 원하는 사람들이 많아 그게 그 사람들의 직업이기도한데 나가기 전, 말해줄 걸 그랬어!"

"아니에요 제 잘못인데요 뭘"

KNULLIFE
15 songs

액땜 했다 쳤다.
정체불명의 CD는 아직도 갖고있다.
틀어보지도 않고 열어보지도 않았는데

과연, 저 CD는 무엇일지 지금까지도 열어보기
싫어서 집에 쳐박아 두었다.

los angeles thanks giving day(추수감사절)

전 날 사람들과 술을 많이 먹어서 그런지 속이 안좋아 쉬고 있던 어느 날, 게스트하우스 사장님과 스태프 분들이 멋지고 이쁜 양복을 입고 계셨다.

"와 그렇게 입으시니까 딴사람 같아요!"

"멋지게 차려 입어봤지! 한국에서는 추석이 있고 미국에서는 땡스기빙데이가 있어"

"땡스기빙데이요?"

"추수감사절이라 생각하면 되는데 맛있는 요리를 해 먹는단다 우리 가족들은 오늘 같은 날 멋진 옷을 차려 입기도 해!"

정말 운이 좋았다. 사전에 알아보고나서 일정을 짠 게 아니었기에 미국문화를 겪어본다는 것에 놀라웠고, 현지에 계신 한국분들에게 땡스기빙데이에 대해 이야기를 들어볼 수 있었다.

칠면조 요리부터 시작해서 빵과 고구마 그리고 디저트까지 민박집에서 이런 경험을 해본 것은 처음이었다.

땡스기빙데이는 우리나라의 추석과 같아서 시내에 있는 대부분의 전시장과 가게가 문을 닫는다.

계획이 틀어졌지만 민박집 사람들과 함께 한다는 것에 기쁨을 느낄 수 있었고 혼자 여행을 왔지만 혼자가 아니라는 기분이 들었다. 이렇게 한 뜻으로 여행 온 많은 사람들이 모여 맛있는 음식과 함께 이야기를 나누고 식사한 다는 것이 명절 때 친척 가족들과 만나거나 그리고 동네 친구들과 술집에서 술 한잔 할 때 빼고는 크게 없었는데 외국에서 보내는 명절은 내 인생의 새로운 경험이었다. 여행 동행자들과 같이 현지 맛집을 가거나 같이 여행하는 경우는 있었지만 가정집에서 명절을 함께 보내는 건 처음 이었다.

아마 여행을 오지 않았다면 한국에서는 혼밥을 하고 있었을지도 모른다. 혼자 여행하다보면 늘 동행자들과 함께 하는 것이 아니기에 동행자들과 같이 시간을 보내도 루트가 틀리거나 다른 계획이 있다면 그 자리에서 헤어지기도 한다. 나 또한 여행 기간 중에도 혼밥을 해야하는 경우가 종종 있었다.

함께 시간을 보내다 나와 일정이 틀리면 서로 조심히
여행하라며 덕담을 남기고 그 자리에서 헤어졌었다.

혼자 여행 왔지만 혼자가 아니었다.
나에게 하루 하루가 늘 새로웠다.

민박집 사람들과의 시간이 마치 외국에 있는 가족과
함께 보내는 시간 같았다.

LA 밤의 끝은 항상 내가 좋아하는 술판이라서!
더 좋은 여행이 아니었나 싶다.

민박집 사람들과의 시간이 마치 외국에 있는 가족들과 함께 보내는 시간 같았고,

때론 남매처럼 아니면 형제처럼 서로 장난치는 모습이 꼭 한국에 있는 친척분들과 함께 시간을 보내는 듯 했다.

그분들의 품 안에서 함께한다는 즐거움과 따뜻함에 나는 그 무엇보다도 소중한 시간을 민박집에서 보낼 수 있었다.

los angeles
인앤아웃 버거맛에 반하다

미국에 오게 되면 가장 먼저 먹어 봐야한다는 것이 바로 햄버거 였다. 나는 전 날 게스트하우스 사장님께 들었던 인앤아웃버거를 먹어보기로 했다. 가격도 저렴한 편이라 2~3개 정도 먹어도 만원 채 나오지 않는 금액이라고 했다.

매장안은 사람들이 들썩들썩 했다. 마치 시장에 나온 것만 같았다.

"더블 더블 버거 시키신분!"
"치즈버거 나왔어요!"
"NEXT! 다음 주문 이요!!"

목소리 큰 사람이 앞에서 번호를 부르며 갓 구워서 만든 햄버거와 주문번호를 말해주고 있었다.

"와 목소리 엄청 크다"

잠시 후 내 차례였다.

"어... 어... 더블더블버거"

(그나마 읽을줄 아는 단어가 있어서 골랐다)

"세트? 아니면 노 세트?"

"세트 주세요!"

직원들은 냉철해보였지만, 그래도 챙겨줄 건 다 챙겨준 덕분에 뭔가 웃기기도 하고 감사하기도 했다. 긴 말 필요 없이 간단하게 주문을 할 수 있어서 였는지 저번 런던 여행 때 서브웨이에서는 뭘 넣을건지 직접 고르는 거기 때문에 영어를 잘못하면 그냥 만들어진걸 먹었어야했는데 저번 일과 같은 상황이 안 벌어져서 정말 다행이었다.

번호표를 받고 그렇게 5분정도 기다린 결과 아까 그 목소리 큰 직원이 소리질렀다.

"넘버 투에니에잇 더블 더블 버거!!"

빠르기도 해라 사람들도 많은데 5분안에 나왔다니 정말 바쁘게 움직이는 것 같았다. 드디어 먹어보는 시간!! 마치 한국에서 빅맥세트를 보고 있는거 같았다

그렇게 자리를 잡고 큼지막하게 한 입 베어물었다.
나는 광고 찍는것 마냥 아무말도 하지 않고 그냥 음~ 오~ 와~ 만 내뱉었다.

고기에서 불타는 향 냄새가 나는 것 같았고 짜지도 않고 정말 맛있었다. 내 옆에 앉아있던 사람은 우스꽝스러운 내 모습을 보았는지 코웃음을 지었고 그는 내게 말을 걸었다. 우걱우걱 먹는 내 모습이 마치 햄버거를 처음먹어 보는 사람 처럼 행동했었나보다

"딜리셔스??"

나는 그 자리에서 1분도 지나지 않은채 모두 흡입했고 다 먹고 난 뒤 너무 아쉬워서 하나를 더 시켰다. 한국에서만 먹던 햄버거의 맛과 달라서 그런지 나는 그 누구의 눈치도 보이지 않았고 그저 햄버거에 취한 먹보처럼 보였다.

만약 독자도 LA에 간다면 인앤아웃버거는 꼭 먹어봤으면 좋겠다.

아마 나처럼 행동하는 사람이 또 있지 않을까

los angeles - 조슈아트리

하루 일정을 마치고 민박집에서 맥주 한 캔을 뜯어 쇼파에 앉아 같은 방을 쓰는 형님 들과 함께 쉬고 있었다 하루에 있었던 일들을 이야기하다 갑자기 민박사장님께서 캠핑을 가자고 하셨다.

"캠핑이요?"

"그래 캠핑! 미국에 왔으면 캠핑을 해봐야지!"

나는 캠핑이라는 단어만 들어봤지 살면서 캠핑을 해본 적이 한번도 없었다. 모닥불을 피워본 적도 없고 텐트도 원터치 빼고는 못친다.

군대에서 에이텐트 쳐본게 전부였다. 군 생활때는 너무 추워서 잘 곳이 없으면 얼어죽으니까 살기 위해서 억지로 배웠었다.

걱정이 조금은 됐지만 그래도 나는 가보고 싶었다. 워낙 익스트림을 좋아하는 성격이라서 그런지 그냥 해보고 싶었기에 나는 들고 있던 맥주 캔을 식탁에 탁!
내려놓고 말했다.

"가봐요 우리!"

모두들 해보고 싶다는 생각은 같았고 형님들은 모두 들고 있던 맥주 캔을 나와 같이 내려놓았다. 그리고 살면서 처음 해보지만 걱정보단 기대감이 더 컸었기에 바로 옷을 갈아입고 캠핑 갈 준비를 했다.

출발하기 전, 우리는 잘 다녀오자는 말과 함께 기념 사진을 찍었고 군대 마냥 조슈아트리 별빛 기수라는 명칭을 달았다.

뭔가 재미있는 일이 벌어질 것만 같았고
우리는 짐을 꾸리기 시작했다.

부리나케 준비를 마치고 마트로 달려갔다.

고기며 장작이며 거기에다가 소주와 맥주까지! 모든 것이 완벽했다. 미국에서는 한인마트가 있기에 가격은 비쌌지만 소주를 쉽게 구할 수 있었다.

"자 출발한다!"

그렇게 우리는 조슈아트리 국립공원을 향해 출발했다.

시내에서 조슈아 트리까지는 꽤 시간이 많이 걸렸다. 가는 도중에 밖의 온도가 보이는 자동차 LED를 보았는데 점점 온도가 내려갔고 영하 2도까지 떨어졌다.

뭔가 잘못 된 것 같다는 생각이 들었고 그나마 민박 사장님께서 많이 추울거라고 했기에 패딩을 챙겨오길 잘 한것 같았다.

그렇게 얼마나 시간이 지났을까
우리는 조슈아 트리 국립공원에 도착했다.

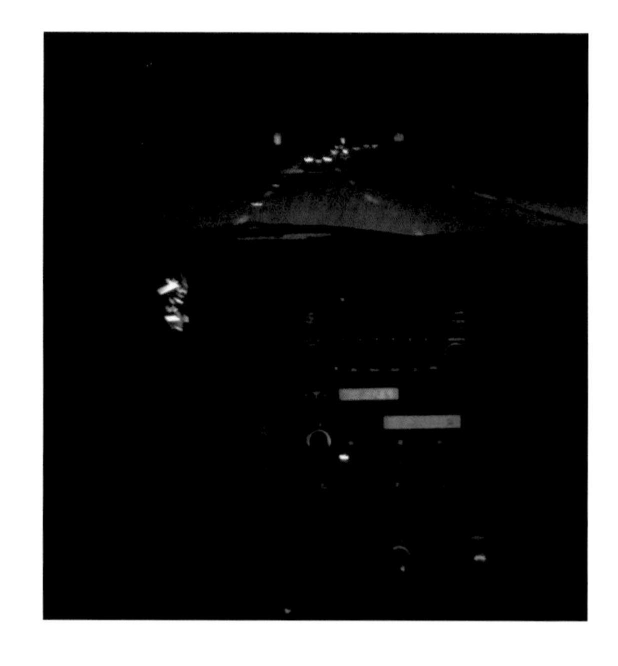

정말 추웠다!!

"여기 LA맞아? 따뜻한데 였는데 이렇게 추운데가 있다고?"

마치 우리나라 1월 날씨 같았다.

벌벌벌 떨면서 짐을 내려놓았고 우리는 아무것도 보이지 않는 곳에서 핸드폰 불빛에 의지한 채 텐트를 치기 시작했다. 이리도 원망스러울까... 바닥이 얼어서 핀이 안박혔다. 어떻게든 잘 수 있는 공간을 만들기 위해 돌로 있는 힘껏 지주핀을 고정시켰다. 하지만 계속 구부러져서 우린 1시간 동안 추위에 떨면서 땅과 씨름했다.

어찌저찌 하여 다행히 텐트를 완성 시켰다.
하지만 너무 추워서 우리는 모두 차 안에서 잠을 청했다. 이럴거면 왜 만들었는지....

얼마나 잤을까 시계를 봤더니 3시간이 흘러 있었고 아침 6시 였다. 잠이 덜 깬 상태로 눈을 비비고 밖을 보았는데 정말 아름다웠다! 모든 피로가 날아갈 정도로 많이 아름다웠다.

마치 하늘과 땅이 연결 되어있는 것만 같았고 조슈아트리에서의 아침 풍경은 붉은색 빛으로 물들어 나와 모두를 감동 시켰다. 이제 막 해가 뜨고 있던 참이라 항상 여행 중엔 일몰을 구경했었는데 이렇게 멋있는 일출 경험은 처음이었다.

STOP

우리는 캠핑을 하면서 후라이펜이 없어 냄비에 삼겹살을 구워먹었고 라면을 끓여 먹었으며, 또 이불이 없어서 옷을 덮고 잤다. 가끔은 그냥 바닥에 드러누웠다.

다른사람이 봤을땐 형편 없다 하겠지만 우리에겐 모든 것이 완벽했었고 조슈아 트리에서 먹는 소주는 그 어떤 소주보다 환상적인 맛이었다.

아는 맛이지만 더 맛있게 느껴졌던 이유는 뭘까 힘들지만 힘들다는 생각이 들지 않는 이유는 뭘까 추웠지만 이상하게도 춥다고 느껴지지 않았던 이유는 뭘까..

넓고도 넓은 사막에서의 오프로드 주행을 즐기며
밤에는 별빛커튼이 어두운 밤을 꾸며주었다.

나의 첫 캠핑은 모든 것들이 완벽했다.

los angeles - 한글이름 선물

여행을 다니면서 현지인들에게 줄 선물을 준비했다. 큰 선물은 아니지만 그래도 의미있는 선물을 주고 싶었다. 이름을 한국어로 읽는 대로 적어서 주기로 했는데 유럽 여행 당시 아무이유 없이 현지인들에게 간혹 선물을 받아왔던지라 나도 여행을 하면서 만나는 사람들에게 선물을 주고 싶었다.

자신의 이름이 적힌 한글을 보면서 소리 내어 읽어보려는 사람들도 있었고, 한국어를 처음 보는 사람들은 신기하다며 깔깔깔 웃는 모습과 함께 고맙다며 인사를 주곤 했다.

비록 작은 선물이지만 행복해 하는 모습을 볼 수 있었고, 나 또한 그들의 반응을 보곤 덩달아 웃음을 보였다.

나는 정말 많은 사람들을 만나고 있었다.

이렇게 다양한 사람들과 함께 하는 것이 마냥 즐거웠고 행복했다. 아마 이 여행이 끝나고 한국으로 돌아가면 평범한 일상을 지낼 생각에 간혹 우울해 하긴 했지만...

이 순간 만큼은 그냥 즐기기로 했다.

여행 도중 카페나 음식점을 지나다 보면 한국말이 쓰여 있는 종이를 정문 유리창에서 볼 수 있었다.

구인공고였는데 한국사람을 아르바이트생으로 채용한다 했고 미국의 평균 시급은 잘 모르지만 이때 당시엔 7달러를 준다했다. 꽤 좋은 것 같았다.

아예 이 참에 비자를 새로 받아서 눌러 앉을까 하는 생각이 들기도 했지만 여건이 되지 않았다.

그래도 내가 태어나고 자란 한국이 편했고, 조금 힘들다 할지라도 우리나라가 최고라는 생각을 갖고 있었기 때문이었다.

미국으로 유학을 와서 제대로 된 공부를 시작해볼까 하는 생각을 잠시나마 갖고 있었지만 그것도 잠시뿐.. 손사레치며 아닌 것 같다는 생각이 들었다.

지금 이 글을 쓰면서도 후회는 하지 않는다. 어렸을 때만 해도 삶에 대해 불만을 가지는 경우가 종종 있었다. 내가 살고 있는 대한민국 이 시대는 금수저 은수저 흙수저 심지어 태어날 때부터 아예 난 수저를 물고 태어나지 않았다 라는 말과 함께 사회계급이 존재하고, 취업시장 또한 학력이라는 장벽에 늘 사람은 자신이 가지고 있는 간판에 맞게 타인으로부터 평가되며, 과정보단 결과가 중요시 되는 현대사회로 변했다.

아마도 세상은 그리 쉽게 변하진 않겠지만, 살아보니 세상을 탓할 시간에 내 자신이 나태해져서 이루지 못한 것에 대해선 나를 탓하기로 했다. 내가 한 행동에 대해선 그 누가 모른다 할지라도 분명 내가 알고 하늘이 안다고 했다. 그 만큼 내가 내 자신한테는 부끄러운 사람이 되진 말아야겠다는 생각이 들었다.

los angeles 여기서 만날 줄 몰랐어!

여행을 하기 전, 여행 경비를 모으기 위해 여러 아르바이트를 했었다. 물류센터 아르바이트부터 시작해서 상품을 판매하는 아르바이트도 하고 돈이 되는 건 무조건 했다. 단지 여행을 하고 싶어서였다

아르바이트를 하다 우연히 나와 비슷한 기간에 미국을 가신다는 이모님이 계셨다. 따님과 함께 서부 여행을 하신다고 하셨는데 따님은 현재 캐나다에 유학중이라 한국에 돌아오기 전, 같이 미국을 여행한 뒤 돌아오신다고 했다. 그래서 미국까지는 혼자서 가야한다고 하셨다.

"오! 저도 혼자가요!"
"진짜? 혼자서?
"네!"

혼자 간다고 말한 내가 걱정이 되셨나보다. 하지만 이미 혼자서 장기간 여행을 해봤던지라 괜찮다고 말씀드렸다.

"위험하지 않겠어? 혼자서 여행하는거.."

"괜찮아요 홀로 여행을 즐기는 편이에요!"

"우리 미국에서 만나는거 아니야?"

"혹시 모르죠! 거기서 만나게 될 수 있을지 사람 일은 모르는거자나요!"

기약 없는 약속이라서 크게 신경 쓰지 않았고 서로 안전하고 좋은 여행 됐으면 좋겠다는 마음뿐 이었다.

(다시 미국으로 돌아가서)

오늘 하루는 그냥 편하게 쉬어야 겠다는 마음으로 태블릿에 들어있던 예능과 드라마를 몰아보고 있었다.

힘들고 빽빽한 여행 보다는 하루 쯤은 쉬는 여행을 하고 싶어서 였다. 그렇게 하루종일 예능과 드라마를 보며 민박을 떠나지 않았다.

2층 침대에 대자로 누워서 드라마를 보던 중 물이 맥혀 주방으로 내려갔다.

“물 좀 마시고 와야겠다”

내 방은 2층이었기에 1층까지 내려가야 했다. 그런데 주방으로 들어가는 순간 어디서 많이 봤었던 뒷모습이 내 눈에 보였다. 설마 아니겠지 하는 생각과 뒤돌아 방으로 돌아가려는 순간 누군가 내 이름을 크게 불렀다.

"성현아! 여기서 다 보네!"

나는 깜짝 놀라 뒤돌아 보았고 그 정겨운 목소리의 정체는 아까 말했던 그 이모님, 눈 씻고 다시봐도 이모님이었다.

"어! 이모님 진짜로 미국에서 뵙네요!"

"와 진짜 신기하다 너도 이 민박으로 잡은거야?"

"네! 맞아요!"

"다시 보게 될 줄이야, 정말 현실이 됐네!"

유럽여행 같은 경우 나라가 서로 가깝게 붙어있고 동선이 겹치는 구간이 많아 만나는 건 흔했다. 특히 같은 게하 민박에서 만나는 경우가 많았다.

런던에서 만난 사람을 프라하에서 만나기도 하고 프라하에서 만난 사람을 로마에서 만나기도 했었다. 그런데 이 넓은 미국에서 다시 만날 줄은 꿈에도 몰랐다.

우리는 그렇게 반갑게 인사했고 못다한 이야기도 나누며 정말 사람 인연이라는게 신기하다는 것을 다시 한번 느낄수 있었던 계기가 되었다.

los angeles
외국 대학교는 처음이야! (UCLA)

나는 여행 일정 중 로스앤젤레스에 있는 UCLA 대학을 가보고 싶었다. 누구나 대학교 출입이 가능하다하여 과연 외국에 있는 대학교는 어떨까 라는 막연한 생각을 갖고 찾아가보기로 했다. 학창시절 내가 다니는 학교는 가기 싫어도 억지로 갔었는데 남의 학교는 오라고 안했는데도 참 잘가는 것 같았다.

이런 의지만큼 공부도 좀 열심히 할 걸 그랬나 보다.

UCLA 대학교는 마치 영화에서 나올 것만 같은 캠퍼스 라이프를 지낼 수 있는 곳 같았다. 건물도 멋있었고 넓고 깨끗하고 심지어 운동장 잔디까지 이뻤다.

운동을 하는 학생들도 보였고, 강의실에서 공부를 하고 있는 학생들도 보였고 수업을 마치고 건물에서 나오는 학생들도 정말 멋있어 보이기만 했다.

학점, 과제, 교수님, 대외활동.. 나는 대학교를 다니고 있지 않았기에 그저 나와는 뭔가 멀게만 느껴지는 단어들이었다.

사실 여행도 즐겁지만, 불안한 미래에 대한 생각은 여전했고 남들보다 늦어지는건 아닐까.. 뒤처지는건 아닐까.. 하는 여러 복잡한 생각이 마음 한구석에 자리 잡고 있었다.

나는 앞으로 어떻게 살아가야할지 막막하기도 했고 크게 배운 것도 없었고 뭐 하나 잘한다는 것도 없었던 나였기에 나를 있는 그대로 사랑해줄 사람은 가족 그리고 나 자신밖에 없다는 생각이 들었다.

내가 크게 내세울만한 것은 젊음 하나 였지만 이 또한 내 나이 또래의 친구들은 모두가 가지고 있는 것이기에 특별하다는 생각은 크게 들지 않았다.

여행에서의 나는 목적지 없는 걸음을 종종 했다. 마치 여행 하기 전, 내 삶처럼 말이다.

꼭 목표한 것을 향해 걷고 뛰기만 하는 것이 아닌 그냥 아무 생각 없이 걷고만 싶었다.

꼭 이룬게 많아야지만 특별한 인생은 아니였으니 잘 버티며 잘 걷고 있는 것만 으로도 인생은 특별한 하다고 내 자신을 스스로 위로 했다.

STARBUCKS COF
dancin dave

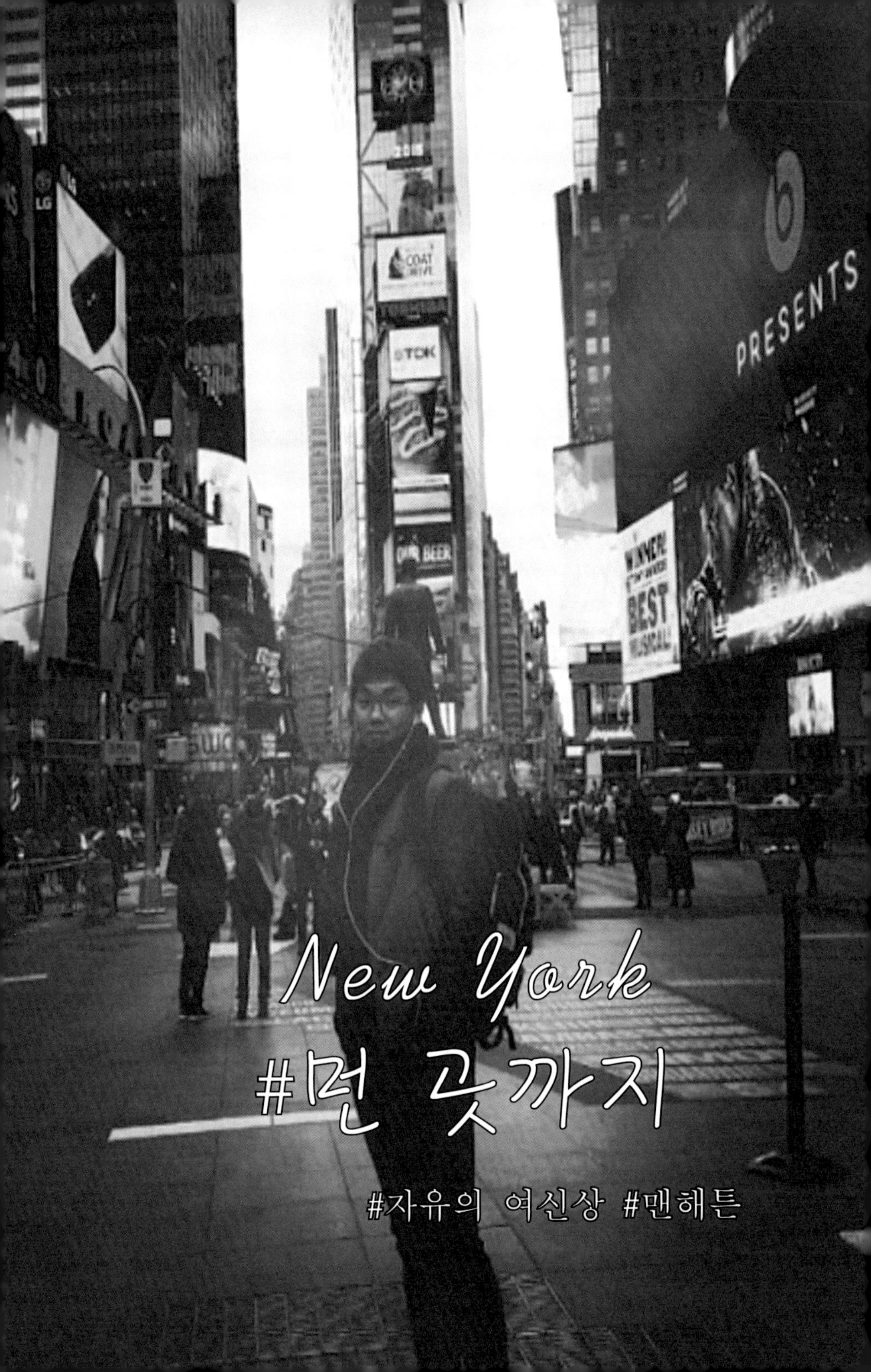

New York

#먼 곳까지

#자유의 여신상 #맨해튼

항상 뉴욕하면 생각나는 노래가 있다.
아마도 이 글을 읽는 독자도 알 것이다

뉴어억~ 아임어쩌구저쩌구 뉴요옥~~ 뉴요옥~~~~
제이지 노래 였던것 같은데 잘 기억이 나지 않는다.

가사가 뭔지는 잘 모르지만 아무튼 뉴요옥 하는게 나온다. 원래 루트 계획으로는 미국의 서부쪽만 여행하기로 했었다. LA부터 시작해서 라스베가스, 샌프란시스코를 여행하기로 했는데 그래도 우리나라 한국의 반대편인 뉴욕은 한번쯤 가봐야 하지 않을까 하는 생각에 라스베가스와 샌프란시스코를 빼고 곧장 뉴욕으로 가는 비행기를 예약했다.

로스앤젤레스에서 뉴욕까지 비행시간은 6시간이나 걸렸다.

"같은 미국땅인데 이렇게나 오래걸려?"

이렇게나 오래 걸릴줄은 몰랐는데 오랜 비행시간 끝에 새벽 2시에 뉴욕에 도착했다.

이젠 심사 받는것도 익숙했고 단숨에 공항에서 나왔다. 뉴욕은 캄캄한 어둠과 공항의 불빛이 서로 아름답게 공존했다.

첫 여행으로 갔던 런던에서의 여행이 떠올랐다.

그때 당시에는 어떻게해야할지 몰라서 쩔쩔매고 정말 힘들었었는데 이젠 나도 나름 능숙해졌나보다.

뉴욕은 택시기사가 택시비 덤탱이를 씌우는 사람들이 간혹 있다하여 역시 정보를 안알아보고 온탓에 호객행위를 당할뻔 하긴했지만 다행히 나쁜 택시기사들은 가볍게 내쳤다.

“시내까지 태워줄게!”

“안타요~”

내 짐을 마음대로 가져가서 택시 트렁크에 넣으려고 하는 기사님도 있었지만 나는 버럭 크게 화를 내며 다시 뺐었다. 이젠 이런 상황도 그리 무섭지가 않았다.

호객행위 하는 기사들을 뒤로 한 채 전문적으로 운영하는 택시회사에 연락했고 한인 기사님이 운전하시는 택시에 운 좋게 탈 수 있었다.

숙소로 이동하는 택시 창밖으로 보이는 광경은 로스앤젤레스와 정반대의 느낌이었다

"정말 뉴욕스럽네"

라는 말이 저절로 나올정도로
지나가는 사람들 그리고 길가와
낮 태양에 비춘 도로의 택시들마저
나에겐 뉴욕스러웠다.

THOMSON
REUTERS

New York - 반가워! 자유의 여신상

사실, 뉴욕에 온 큰 목적 중 하나는 바로 푸른색 옷을 입고 있는 자유의 여신상을 만나보는 거였다.

어렸을 때부터 만화책이나 TV에서만 보았던 자유의 여신상을 직접 만나 보는 게 나의 꿈이었고 뉴욕을 여행지로 잡은 가장 큰 이유 중 하나이기도 했다.

당일 아침, 나는 그 어떤 날 보다 설레었고 부리나케 나갈 준비를 했다. 자유의 여신상을 바로 눈 앞에서 보러 가는 날이기 때문이었다.

여신상을 보기 위해선 페리를 타야했는데 파도도 쎄고 거친 바람이 불어 페리 운행을 할지 의문이었다.

다행히 페리 운행은 하는 것 같았고 나는 보안검색 후 페리에 탑승했다. 창문 밖으로 보이는 여신상에 눈을 떼지 못했고 바로 눈앞에서 볼 수 있다는 마음에 떨림은 가시지 않았다. 그런 덕분인지 바람은 쎄게 불었지만 전혀 춥지 않았다.

여신상 앞에 도착 한 나는 웅장한 모습에 가슴이 떨렸다. “사진속으로만 보았던 것을 직접 보게 될줄이야” 뉴욕에 오길 참 잘했다는 생각이 들었다.

나는 자유의 여신상을 한참 동안 바라보았고
그녀는 넓디 넓은 하늘을 향해 손을 뻗고 있었다.

나도 같이 여신상이 바라보는 하늘을 쳐다보았다.
하늘을 바라본지가 정말 오랜만인 것 같았다.

학창시절, 선생님들께선 항상 앞만 보고 달리라는 말을 해주셨다. 남들보다 빠르게, 뒤처지지 않기 위해, 뒤돌아보지말고 앞만보고 뛰어가라고만 했다.
정확한 방향과 노선도 없는 채 말이다.

우리는 모두 인생의 알람이 존재한다. 따뜻한 부모님의 품에서 나와 시간이 흐르면 유치원을 가고 또 시간이 흐르면 학교에 들어가고 학교를 졸업하면 직장에 들어가고, 원한다면 결혼을 한다.

그렇게 끝없이 달리다보면
결국, 끝은 죽음이 기다리고 있겠지

누군가 계속 나를 다그치듯 열심히 살라고 하는 것처럼
우리는 계속 앞으로 나아가고 있다
안그러면 안 될 것만 같아서..

그저 경쟁하며 살아가는 사회니까
또 어쩔수 없는 것이기 때문에

오늘은 정말 많은 생각이 스치는 하루였다.

난 여신상을 만나고 나서부터는 하루에 한번 쯤은
하늘을 바라보려고 한다.

앞만 보다보면 옆을 볼 수 없기 때문이 아니었을까
내가 잘달리고 있는지 또 잘 하고 있는건지..
숨 조차 쉴 수 없는 삶을 살아가고 있던건 아닐까

내 인생도 자유롭게 살아가고 싶은 마음에
또 주변을 뒤돌아 볼 수 있는 사람이 되고 싶기에

나는 오늘도 하늘을 바라보며
잠시 동안만 이라도 인생의 쉼표를 찍고 있다.

New York - 쉑쉑버거

뉴욕에서 지낸지 중간쯤 됐을까 LA에서 먹었던 인앤아웃 버거는 내 여행 기간중 최고의 음식이었다.

뉴욕의 쉑쉑버거를 만나 보기 전 까지는!

사실 한손에는 커피를 들고 뜨거운 태양 빛을 막아주는 선글라스를 끼며 뉴욕 시내를 활보 해보는 뉴요커가 되어보는게 나의 여행 계획 이었지만 뉴욕에 오면 꼭 먹어봐야한다고 모두가 추천하는 음식 중 하나이기에

나는 어느 때와 다를바 없이 매장을 찾기 위해 지도를 폈다. 그리 썩 멀지 않는 공간에 있어서 숙소가 있는 장소에서 걸어가도 무방했다.

역시 햄버거는 미국이었다. 미국에서 먹는 햄버거는 먹어도 먹어도 계속 입에 들어간다. 배부르지 않다고 해야할까. 마치 인앤아웃버거를 먹었을 때와 비슷한 상황으로 한 세트를 시켜서 또 한 세트를 먹었다. 지금 생각해도 난 여행하면서 패스트푸드음식을 많이 먹었던 것 같다. 샌드위치, 피자, 치킨 또.. 패스트푸드음식이 아닌 걸로 따지면 파스타, 스테이크 등등..(?) 그래서 살이 좀 찌더라니..

가격이 그리 싸진 않았지만 현지에서 먹는 원조음식을
지금 아니면 못먹는다는 생각에 많이 먹었는지도 모른다.

여행에서의 즐거움은 이렇게 먹는 것 에서도 찾게 되더라

New York - 뉴욕에서도 뺑뜯겼다.

브루클린 다리를 건너고 나서 다시 시내로 가는 길 저 멀리서 음악에 맞춰 힙합하는 사람들이 보이기 시작했다. 사람들이 꽤 많이 모여있었고. 나는 궁금한 건 못 참는 성격이라 바로 구경하러 뛰어갔다.

그들은 신나는 비트에 맞춰 춤을 추고 있었고 신기한 묘기를 부려 사람들의 눈을 사로 잡고 있었다. 랩이나 힙합에 큰 관심을 갖고 있진 않았지만 힙합인들이 하는 비보이 춤은 없던 관심도 나를 들끓게 만들어 줬다.

그런데 갑자기, 뛰어넘는 묘기를 보여주겠다며 함께 참여할 관객들을 모집하고 있었다.

나는 멀리서 보고있었기 때문에 별로하고 싶진 않았다.
근데 저 멀리서 누군가 나를 향해 손짓했다.

"헤이! 일로와! 일로!"

"나?"

"그래 친구! 일로!"

나를 왜 부르는가 했지만
뭔가 싶어서 그들을 향해 갔다.

정말 그때 가지 말았어야 했다.

갑자기 내 손을 잡더니 일렬로 줄서있는 사람들을 지나 나를 맨 뒤에 세웠다.

"그냥 묘기 보여주려는건가?"

하는 생각에 그냥 멍하니 서있었다. 앞에서부터 사람들에게 무엇인가를 나눠주는거 같았다.

"다치지 말라고 안전장비 같은 걸 주는 건가?"

그들이 점점 내 시선에 들어올 때 쯤 내 앞에 앞에 있는 사람이 갑자기 지갑에서 돈을 꺼내고 있었다.

난 여행중에 이미 돈에 얽힌 사연들이 많았기에 속으로 많은 생각이 들기 시작했다.

"이 사람 왜 애한테 돈을 줘?"

상황을 판단한 나는 또 돈 뜯기게 생겼다는 생각이 들기 시작했다. 뒷자리에 있을수록 위험했던거고 자신들이 만족 할 만한 돈을 주지 않으면 나를 뛰어넘을수 있을지 모르겠다며 주의를 주고 그대로 몸통박치기를 할 수도 있다는 메시지 주었다. 그냥 도망갈까 하다가 분위기가 안주면 안될 것 같은 분위기였다. 유럽 여행때는 옷을 후질근하게 입고 다녔는데 이번 여행에는 브랜드 있는 옷을 몇개 챙겨왔던지라 내 옷에 붙어있는 로고를 보곤 돈이 많은 사람인줄 알았나보다. 나는 좋은 공연 볼 셈치고 5달러를 쥐어주었지만 그들은 이것 밖에 안되냐며 나를 비아냥 거렸다.

“우리는 너를 위험하게 할 수도 있어! 실패한다면 다치는데 괜찮겠어?”

나는 손사례 치며 말했다.

“난 다쳐도 상관없어 마음대로 해~”

관객들은 나의 이런 태연한 모습을 보고선 다들 놀랍다는 표정을 지으며 박수를 쳤다. 나는 이게 도대체 왜 놀라운건지 모르는 표정으로 마냥 서있었다.

그들은 사람 얼굴만한 카세트에 웅장한 음악을 틀었고 저 멀리서 나를 포함해 10명이나 되는 사람들을 뛰어 넘을 준비를 했다.

“3, 2, 1 모두 외쳐주세요!”

뛰어넘으려는 사람은 관객들에게 신호를 같이 해달라고 했고 분위기는 점점 긴장감이 맴돌았다. 나는 이 순간에도 다칠 걱정보다는 5달러가 더 생각났다. 모두가 함께 숫자를 셌다 그렇지만 숫자는 내 귓속에 들리지 않았다 그저 5달러가 내 머릿속에 맴돌았다.

“3” “2” “1”

뛰려는 사람은 걱정이 됐던지 한번에 뛰지 않았다 그래서 다시 한번 숫자를 셌다

“3” “2” “1” “Go"

출발이라는 관객들의 말과 함께 우리에게 뛰어오기 시작했다. 그리곤 가볍게 나를 제치고 10명을 넘어 뛰었다.

"와! 와아아아!" 모두들 환호했다.

그 10명을 뛰어넘은 사람은 안도의 한숨을 내셨다.

나는 정말 이이가 없었다.

"뛰어넘는건 맞는데 왜 돈을 줘야하지?"

결국 뉴욕에서도 돈을 뜯긴 신세가 되었다. 온갖 부정적인 생각이 들었지만 어디에서 쉽게 보지 못하는 힙합 공연을 봤으니 관람비라고 생각하자 했고 세상엔 공짜가 없다는 걸 타지에서도 알게 되었다.

LA에서 만난 "그" CD줬던 친구들과 있었을 때의 비슷한 기분이 들었던 순간 이었다.

New York - 맨해튼 타임스퀘어

LA에서 뉴욕으로 넘어오기 전, 태블릿에 영화 나홀로집에를 넣어왔다. 주인공도 혼자 여행하는데 나 홀로라는 말이 왠지 나와 맞는 것 같은 기분이 들었다.

마침 뉴욕을 여행할 때 날씨는 영화와 같은 추운 겨울이었고 배경을 뉴욕으로 찍었으니, 마치 영화 속 주인공이 된 것처럼 행동하고 싶었다.

꽂고 있던 이어폰 음악에 정신이 팔려 맨해튼을 걸어 다니던 중 수많은 전광판이 모여있는 타임스퀘어에 도착했다. 눈을 뗄수 없을 정도로 많은 전광판에 시선을 어디로 둬야할지 모를 정도 였다.

온전히 뉴욕의 겨울과 거리를 느껴보고 싶어서 듣고 있던 음악을 꺼버리고 이어폰도 귀에서 뺐다.

사람들의 영어, 자동차의 경적소리
아이들의 깔깔깔 웃는 웃음소리
타임스퀘어에서 들을 수 있는 소리는 다양했다.

어디선가 아름다운 종소리가 들려왔고 나는 이끌리듯 그쪽으로 향했다. 정체는 바로 자선단체 직원분들이 모금운동을 하고 있었다.

그들은 겨울왕국 OST인 엘사의 Let it go 음악에 맞춰 춤을 추고 있었다.

보통 우리나라에서의 자선 모금 운동은 마이크에 대고 “모금합시다” 라는 말과 함께 종을 치는게 전부였는데 여기는 뭔가 달랐다.

모금운동을 하는데 있어서 단순하고 평범하게 하기보단 사람들의 시선을 끌어모으는 재치와 끼가 대단하게만 느껴졌다.

난 지갑에 있던 10달러를 꺼냈다.
통에 10달러를 넣었고, 뿌듯한 마음이 들었다.

돈이 많았던 것도 아니고 여행경비는 얼마 남지 않은 상태였다. 하지만 열심히 하는 모습이 감동 받았다고 해야 할까 그래도 외국에서 기부를 언제 해보겠냐는 생각이 들어서 였는지 나는 망설임 없이 그들을 통해 기부했다.

그들은 내게 “Thank you Merry Christmas” 라는 말과 함께 웃음을 지어 보내주었고 나 또한 그들에게 같은 말을 전해주었다. 그저 작은 돈이지만 의미있는 곳에 쓰였으면 좋겠다는 생각과 함께 나는 뉴욕 타임스퀘어를 활보하기 시작했다.

Thank you, merry christmas

SPRING awakening
School of ROCK
Aladdin
WTF
BINGE ON

1954

#쉼표 - 여행을 마치고

경비를 모으는것부터 시작해서 여행하는 과정까지 난 평생 잊지 못할 1년 간의 시간 여행이 끝났다.

해보고 싶은걸 해보기 위해, 여행을 가야겠다는 마음하나로 돈을 모으는 과정부터 시작해서 가보고 싶은 곳을 가보고 또 새로운 사람들을 만나서 여러 이야기도 하며

그들의 이야기를 들어보는.. 이러한 과정이 반복 될 때마다 나의 생각을 좀 더 단단하게 만들어 주었다.

사실 여행을 간다 했을때도 몇몇사람들은 못마땅한 표정을 지으며 돈이 아깝지 않느냐, 그 돈으로 더 많은 걸 할 수 있지 않냐고 조언을 해주기도 했다

난 그럴때 마다 항상 그들에게 말했다

"지금 아니면 안될 것 같아서요"

무엇보다 혼자라서 더 의미 있었던 여행이 아니었을까 나를 보는 사람들은 느끼지 못할지 언정 또 경험해보지 않으면 말하기 어려울지 언정 그냥 내가 하고 싶은 걸 해보았고 나는 절대 잊지 못할 1년을 나에게 선사했다.

나는 이젠 정말로 공부가 필요하겠다 싶어 대학교에 입학했다. 남들보다는 2년이나 늦은 시간이었지만 다른 학생들과 다를 바 없이 학점을 채우고 여러 대외활동을 하며 스펙이라고 하기엔 많이 부족했던 그래도 무엇인가를 하나 씩 채워나가기 시작했다.

아침에 조금 일찍 일어나 버스비를 아끼려고 학교버스를 타는 터미널까지 40분 동안 걸어다녔고 돈이 없어서 라기 보다는 또 다시 여행을 갈 수 있지 않을까 하는 생각에 아낄 건 다 아꼈다.

그렇게 버스비를 아끼고 틈틈이 주말에 아르바이트와 장학금을 받아 등록금을 해결했고 주말 아르바이트가 없는 날에는 일본으로 여행을 다녀오기도 했다. 버스비 아껴서 까지 여행을 갔다 올 줄은 몰랐지만 말이다.

지금 현재, 28살인 나는 아주 가끔씩 정말 아주 가끔 혼자 즉흥여행을 가곤 한다. 이젠 길게 여행을 가기엔 어려워졌고 또 다른 꿈을 꾸고 있기에 그 꿈에 힘을 쏟고 있다. 만약 나에게 시간이 주어진다면.. 또 다른 세상으로 여행을 갈 수 있다면 갔다온 여행 보다 더 재미있고 신나는 일들이 펼쳐지는 곳으로 떠나볼까 한다.

사람들이 말하길 여행을
다니는 이유가 뭐냐고 많이들 물어본다.
난 그들에게 항상 같은 답을 내놓는다.

"내가 가장 젊고 멋진 시기에
가장 좋은 추억을 만들어 보고 싶어서" 라고..

순간 순간을 좋은 추억으로 만들다보면
그 누구의 삶보다 더 값진 의미있는
내 삶이 만들어 질 수 있을 거 같다고 말이다.

무엇보다 혼자라서 더 의미 있었던
여행이 아니었을까

나를 보는 사람들은 느끼지 못할지
언정 또 경험해보지 않으면
말하기 어려울지 언정

그냥 내가 하고 싶은걸 해보았고
나는 절대 잊지 못할 1년을
나에게 선사했다.

Siem Reap
해외봉사활동
#시엠립 #휴가대신봉사

난 사회로 나와 직장인으로써의 생활을 하고 있다. 길다면 길고 짧다면 짧을 첫 홀로 여행을 다녀온 후, 2년이라는 시간이 흘러, 어엿한 직장인이 되었다. 그 2년이라는 시간 동안에도 비록 이 책에다 기록을 하진 않았지만, 필리핀 보홀, 오사카, 교토, 제주도 자전거 종주, 러시아 블라디보스톡을 여행하며 계속 안목을 넓혔다. 지금의 나는 해외여행은 가기가 힘들어졌고 가끔은 국내여행을 취미활동으로 즐긴다. 모든 직장인이 그렇듯 출근-퇴근-출근-퇴근이 반복되는 하루였다. 입사한지 1년 6개월이 흘렀고 이젠 어느 정도 업무에 익숙해져 있었다. 마침 여름휴가를 정해야 하는 기간이었고 1년에 단 한번뿐인 휴가기간 때는 뭘 해볼까 하는 생각에 달력을 넘겨보고 있었다. 작년에는 가족, 친구들과 함께 같이 여행을 갔었는데 이번 휴가 때는 뭔가 특별한 것을 해보고 싶었다. 가족들 또는 친구들과 함께 여름 휴가를 보내는 것도 좋지만 이번에는 뭔가 새롭고 의미있게 보내고 싶은 마음이 컸다. 집에 돌아와, SNS를 구경하던 중 대학생 시절부터 관심이 있었던 해외봉사가 눈에 들어왔다. 학창시절 방학 때 다녀와보겠다고 하면서 생각만하고 있었지만 바쁘다는 핑계로 시도조차 해보지 않았다.

"1년에 단 한번 뿐인 휴가인데 봉사활동을 가는 건 좀.."

또 생각만 하고 있었다. 휴가가 그리 길지도 않고 준비하는것도 힘들거 같아서 였다. 대리만족이라도 할 겸 봉사단체 사이트에 들어가 활동 사진과 영상을 구경했는데 너무 멋있었다. 건축봉사, 교육봉사 등 내가 몰랐던 여러 봉사 프로그램이 있었다. 영상에서 나오는 사람들의 표정은 해맑았고 아이들의 웃음소리 또한 행복해 하는 모습을 영상으로부터 나는 보고 느낄 수 있었다.

그 사진과 영상의 힘이었을까

나는 마음이 변하기 시작했고
생각도 점점 바뀌기 시작했다.

"봉사활동.. 다음에는 아예 못 갈 수도 있을텐데"

나는 이 마음을 발판으로 삼아 한번 준비해보기로 했다. 나는 원래 이런 사람 인 것 같다. 할까 말까 생각만 하고 있다가 시간만 나에게 주어진다면 며칠도 지나지 않아 바로 해봐야겠다는 생각을 갖는다.

아니면 귀가 얇은 것 일 수도 있다. 그래서 간혹 사람들이 나에게 무모하다거나 신기하다는 말을 자주 하는 것 같다.

3년 전, 서로 본 적은 없지만 해외봉사단체 커뮤니티 SNS를 통해 연락을 주고 받았던 준호형에게서 봉사활동에 대해 여러 정보를 받았었다. 현재도 봉사단체에서 활동하고 있는 형님에게 연락을 해보았고 참석이 가능하다고 해서 나는 교육봉사를 진행해보기로 했다.

캄보디아에 있는 아이들에게 한국어수업, 영어수업 등 체험활동을 가르치는 봉사프로그램 이었다. 다른사람들과 같이 하는 것이니 큰 걱정은 없었지만 누굴 가르쳐본 적이 없는지라 아이들을 가르치는 선생님이 된다는게 조금 부담스러웠다.

이번 휴가 계획은 해외봉사활동을 하기로 마음 먹고 난 아이들에게 특별한 추억을 선사하고 싶은 마음에 열심히 준비하기 시작했다.

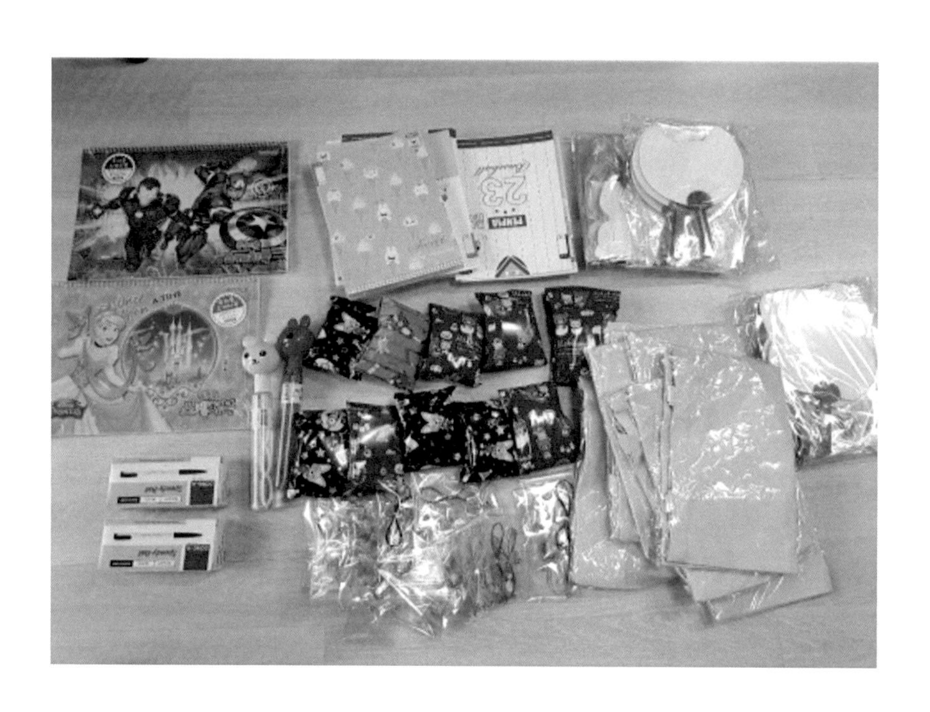

봉사활동을 위해 해외로 가기 전, 활동에 이미 참여했었던 사람들의 후기를 하나씩 천천히 읽어 보았다.

색종이접기, 술래잡기, 그림그리기 등 사람들은 정말 다양하고 재미있는 프로그램을 준비했었다. 대단하다는 생각이 저절로 들었고 나 또한 재미있게 수업을 하고 싶었지만 혹여나 아이들이 안 좋아하면 어쩌나 하는 생각이 마음 한편에 자리잡고 있었다

"아이들이 안좋아하면 어떻게하지?"
"뭘 준비해가면 좋을까?"
"수업은 어떻게 준비해볼까?"

내 머릿속에는 많은 생각 스쳐갔지만 나는 차근차근 준비해보기로 했다. 아이들을 위해 준비물도 사고 추억을 남겨주고 싶은 마음에 다양한 수업을 준비하며 나름 수업 계획표도 짰다.

"아이들이 좋아해야 할텐데"

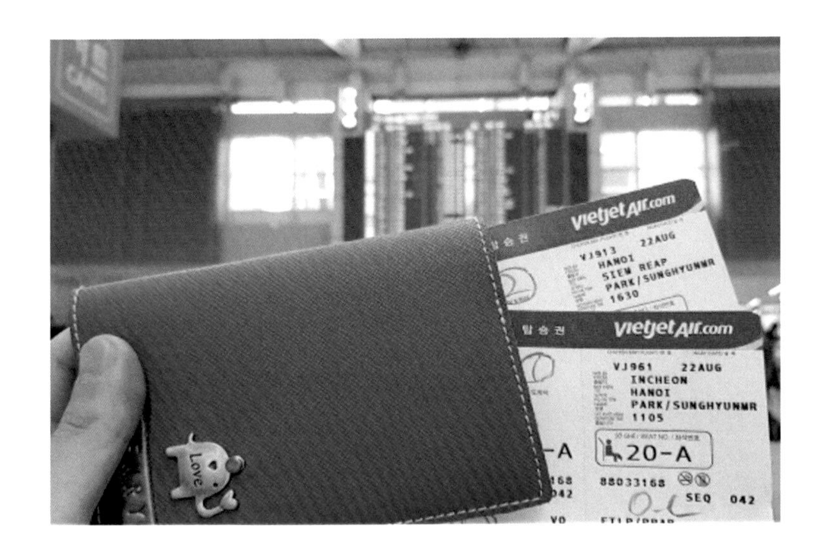

이른 새벽 인천국제공항에 도착 후
설렘 반, 걱정 반으로 그렇게 캄보디아로 출발했다.

Siem Reap - 입국실패..(?)

베트남을 경유해 캄보디아에 도착했다. 봉사활동을 가겠다는 마음과 함께 바로 항공권을 예약한 덕분에 싼 항공 티켓을 잡았지만 역시 싼 게 비지떡이라고.. 가는 내내 좁아서 죽을 뻔 했다.

비행시간이 그리 길지 않아 참을 순 있었지만 나는 어깨와 몸을 어느 정도 수그린 채 5시간 상공을 날아왔다. 다리는 오므라져서 가는 내내 저려왔고, 준비물은 혹여나 수하물로 맡기면 구겨지거나 망가지지 않을까 하는 걱정에 기내로 들고 왔던지라 짐도 한 가득이었다.

그래도 잘 준비한 만큼 잘 해보고 싶었던 마음이 컸던지 이번 활동에 있어서 만큼은 크게 기대됐다. 비행기에서 내린 후, 입국심사를 받기 위해 몇가지 작성을 하고 심사를 받기 위해 이동했다. 하지만 일이 터져버렸다. 긴 줄에 서있다 내 차례가 됐지만 나는 입국이 안된다고 한다. 왜 그런지 물어 봤고 잘 알아듣지는 못했지만 알고보니 경유했을 때 티켓이 없으면 입국이 안된다고한다.

"노 와이? 왜요!"

"티켓이 없어서 안돼!"

"다 와서 이게뭐람..."

이런 당황스러운 경우는 필리핀 공항 말고는 처음이었던지라, 사실 그때보다 더 당황했다. 필리핀 공항에서 공항이용료 1000페소(한화 약 25,000원)를 내야한다는 것 빼고는 항공권 티켓이 필요하다는 곳은 처음이었기 때문이다.

항상 여행하면서 하는 실수와 습관은 어디가지 않았고 여전히 내 몸에 잠재 되어 있었다.

"그러게.. 좀 알아보고 올 걸"

나는 이 상황을 어떻게 대처 해야 할지 몰랐다. 양손에는 짐이 한 가득이었고 밖은 나갈 수도 없고 유심을 구매 하기 전이라 해외다보니 데이터 사용과 함께 통화도 어려웠던지라 어떻게든 나가게 해달라고 입국심사자에게 빌었다.

"나가게 해주세요!"

"안돼! 다시 한번 말하지만 티켓이 없자나!"

"필요한지 몰랐어요.."

"나갈수 없어!"

있는대로 싹싹 빌었지만 결국 나가지도 못하고 있었다. 내 잘못이었고 내 탓이었다. 나는 어떻게든 나갈 수 있는 방법이 있지 않을까 고민하고 있는 찰나 내가 불쌍해 보였는지 직원 중 한명이 나에게 다가왔고 그는 내 여권을 보여 달라고 했다. 여기선 어떻게는 굽신굽신 해야겠다는 생각에 그냥 줘버렸다.

한 편으로는 나가게 해주려나 하는 생각에 내심 기대하고 있었다. 그리곤 저 멀리서 자기들끼리 속닥속닥하면서 내 여권을 펼쳐 한 장씩 넘겨 보기 시작했다.

그들은 내 여권을 넘겨보고 하면서 무엇인가 하고 있는 것 같았고 나는 그냥 멍하니 의자에 앉아 그들이 보기엔 세상에서 가장 불쌍한 표정을 짓고 있었다. 그러면 나가게 해주지 않을까 하고.

그러곤 30분을 더 의자에 앉아 있었다. 와이파이가 잡히지 않고 있다가 앉아있던 곳 반대 방향으로 가서 구석에 앉아있었더니 다행히 와이파이 안테나가 터질랑말랑 하고 있었다. 어찌저찌해서 사용이 가능했고 봉사단체 분들에게 자초지종 설명을 하고 상황을 기다리고 있었다. 1시간 정도의 흘렀을까 이런 내 모습이 안쓰러웠는지 직원 한분이 나에게 오라고 손짓 했다. 그러곤 나에게 물어봤다.

"여행?"

"봉사활동!"

"봉사활동?"

그러곤 나를 한참 동안 쳐다보더니 자기들끼리 또 이야기하기 시작했고, 또 다시 내게 질문했다.

"한국인?"

"OK!"

말은 잘 통하지 않았지만 나와 몇마디 나눈 뒤 조금만 더 기다려 보라며 뒤에 있던 직원들에게 어떤 말을 전하고 있었다. 그러곤 내가 가장 듣고 싶어 했던 말을 내게 전해주었다.

“이번에는 나가게 해줄테니 다음부터는 꼭 챙기도록 해”

“오 땡큐 땡큐!”

난 악수와 함께 고맙다는 말을 수 없이 했고 이런 내 모습이 웃겼는지 직원들의 웃는 표정을 보며 난 다행히 출입구를 통해 나갈 수 있었다.

나갈때 쯤, 저 멀리서 나를 향해 고맙다고 말해주는 직원이 있었는데 오히려 내가 고마운데 나보고 고맙다고 말 하는게 좀 신기했다.

공항 입국장에서 1시간 넘게 기다리고 있던 현지 봉사단체 스태프분은 그래도 정말 다행이라며 반갑게 인사해주었고 기다리다 너무 힘들었을 스태프분에게 나 또한 미안하다는 말과 함께 반갑게 인사했다. 내 잘못이 컸는데 미안해 할 필요 없다는 그의 말은 왠지 모르게 따뜻했다.

숙소로 가는 차에 탑승했고 창 밖으로 보이는 시엠립을 구경했다. 직원분은 현지사람이라 말은 잘 통하진 않았지만 가는 길에 차 안의 라디오에서 한국 가요를 틀어주었다. 90년대 노래긴 하지만 옛 노래가 더 그리운 법인지라 시엠립의 도시를 바라보며 듣는 노래는 그 자체가 낭만 있었다.

한국노래를 많이 듣냐고 물어봤더니 많이 듣는다고 했다. 내가 모르는 노래까지 알고 있을 정도 였다. 마치 우리나라와 캄보디아가 하나의 끈으로 연결되어 있는 것만 같았고 시엠립은 왠지 모르게 정겨웠다.

그래도 여행이 아닌 어디까지나 봉사를 하러 왔다는
마음가짐으로 나의 봉사활동은 그렇게 시작되었다.

CAMBODIA

Siem Reap - 저 혼자라고요?

아까 말했듯이 봉사활동에 대해 관심이 있던 시절부터 메신저로만 서로 안부를 묻고 지내던 캄보디아 봉사활동 단체 회원이자 직원인 준호형과 만날 수 있었다. 실제로 보는 건 처음이었는데 봉사활동 참여한다고만 수십 번을 말만 하다가 드디어 참여하게 되었다고, 만나서 반갑다고 서로 인사를 주고 받았다.

봉사활동을 진행하면서 지내게 될 방을 배정받았다 짐을 풀고 다시 로비로 내려가 궁금했던 것들 그리고 알아야할 것들을 물어보기로 했다.

그런데, 뜻밖의 소식을 들었다. 봉사활동 챌린지는 여러 사람들이 신청을 하면 그 신청한 사람들끼리 팀을 이루어 함께 활동을 진행하는 프로그램 이었는데, 이번 챌린지에서는 나 혼자만 지원했다고 한다.

"저 혼자요!?"

"네 원래 한 분 더 진행하기로 했는데, 급하게 취소하는 바람에 혼자 진행하게 될거에요"

그 말을 들은 순간 나는 걱정이 앞섰다. 혼자서 아이들을 수업한다는게 보통 부담스러운게 아니었다. 그것도 우리나라가 아닌 캄보디아에서 말이다.

그래도 다행히 현지 보조선생님인 스레이니가 함께 동행해주기로 했다. 아이들에게 말을 통역 해주거나 준비한 수업을 도와준다고해서 그래도 한시름 놓았다.

숙소만 제공되고 이동하는 것을 제외한 모든 것을 혼자서 진행 해야 하는 상황이었다. 당장 내일부터 시작하기 때문에 부담 보다는 바로 수업연습을 하고 준비 해야겠다는 마음뿐이었고. 그래도 잘 해내고 싶다는 생각 때문이었는지 도착해서도 쉬지 않고 더 열심히 준비했다.

캄보디아에서는 한국의 콜택시처럼 스마트폰 어플로 툭툭이를 부를 수 있다. 2~3달러면 마트를 갔다 올 수 있어서 마트가 밤 12시에 문을 닫기 때문에 나는 대충 세수만 하고 아이들에게 줄 과자와 수업에 쓸 기타필기도구를 사러가기 위해 나섰다.

도착한지 1시간채 되지 않았지만 수업준비 때문에 피곤함은 그새 달아 났다. 아이들에게 줄 과자를 살겸 내가 먹을 과자도 샀는데 아이들 것 보다 내가 먹을 과자를 더 많이 산 듯 하다.

다시 숙소로 도착한 나는 밤새 준비하고 또 준비 했다.

혹여나 실수하지 않을까 재미없진 않을까 하는 조바심도 없지 않아 있었지만 단체회장님은 걱정 할 필요없다고 하셨다. 그래도 조금은 떨리고 긴장됐다. 그래도 좋은 일 하러 왔고 한국에서부터 여태 아이들을 생각하며 준비 해 온 만큼 내 진심도 통할거라 생각이 든다.

드디어 내일 아이들을 만나러 간다.

Siem Reap
학교가기 전, 보육원에서

봉사활동 시작 당일 아침부터 분주했다. 준비물이며.. 학교에 도착하면 어떤 수업을 할지 전 날, 자기 전 생각과 고민을 많이 해서 그런지 역시 몸은 못 속인다고 피곤함이 떠나질 않았다. 첫 날인 만큼 긴장감은 더욱 들었다.

오늘 수업 첫 날에는 한국어/영어 수업과 그림그리기 수업을 준비했다. 사실 나도 영어를 잘 몰랐던지라, 전 날 아이들에게 가르칠 영어단어들을 손에 다 적으면서까지 대부분 다 외우고 갔다. 그래도 일일 선생님인데 학생들 가르치려면 예습은 하고 가야 했기 때문이다.

학교에 가기 전, 보육원에 잠시 들렀다.

보육원에서 1시간 정도 쉬는 시간을 가진 뒤 학교로 출발하는데 보육원의 시설은 생각했던 것 만큼 많이 열악했다.

깨진 창문, 낡은 의자
방치되어있는 책상들
언제 만들어졌는지 모를 거미줄

생각했던 만큼 환경은 좋지가 않았다. 보육원에서 지내는 아이들을 봤는데 대부분 신발을 신지 않고 있었다. 바닥에 유리조각 이나 날카로운 돌에 긁히면 다칠 수도 있을텐데.. 보는 내내 가슴이 미어졌고 말문이 막힌 채 보육원 주변을 서성거렸다

"..."

나는 보육원을 돌아보는 시간동안 만큼은 말을 아꼈고 그저 숙연했다. 이 아이들을 위해 무엇이라도 해주고 싶은 마음이 점점 커졌다.

하지만 열악한 환경 속에서도 미소를 잃지 않는 아이들을 볼 수 있었다. 보육원 건물 안쪽에서는 신나는 한국 가요가 흘러나왔고, 그들은 함께 흥얼거렸으며, 아이들의 꺄르르 꺄르르 웃음소리가 내 귓가에 들려왔다.

내가 본 그들의 모습은 그저 행복한 모습 자체 였다.

Siem Reap - 아이들과의 첫만남

보육원에 들른 후, 무거운 마음을 안은 채 학교로 출발했다. 뭔가 마음이 답답하고 힘들었다. 이유는 모르겠으나 나에 대한 반성이 들었을까 나는 아무 말도 하지 않은 채 학교로 향하고 있었다.

얼마나 시간이 흘렀을까 우리는 학교에 도착했다.

아이들은 우리가 탄 차량을 보고 환호했다. 마치 영화 주인공이 레드카펫을 밟고 지나가기 전, 사람들이 환호하는 것처럼 말이다.

나를 보고 반갑게 인사해주는것 같았다. 캄보디아에서는 크메르어로 서로 대화를 하다보니 말의 뜻은 이해하기가 어려웠지만 아이들은 나를 보고 피하거나 낯을 가리지 않았다.

그저 아이들의 표정과 웃음소리에 나 또한 기분이 좋았고 웃음이 나왔다. 아이들은 나를 선생님이라 불러주었고 나는 그에 힘입어 아이들과 함께 수업을 진행하기 위해 교실로 들어섰다. 하지만 그 곳은 정말 많이 더웠다.

뜨거운 공기가 창문을 향해 들어왔지만 나는 참을 수 있었다. 더운 환경에서도 열심히 공부하고 있는 아이들을 보니 대견했고 한 편으로는 지난 날, 좋은 환경에서도 공부를 지지리도 안했던 내가 한심해보이기도 했다.

아이들은 수업을 듣기 위해 한 두명씩 책상에 앉기 시작했다. 신발을 신지 않아 맨발로 다니는 아이도 보였다.

바닥에 따가운 모래알이나 돌맹이가 있을지 모르는데 발바닥에 상처라도 생기지 않을까 걱정이 들었다.

그런 걱정하지 않아도 된다고 나를 보며 그저 환하게 웃어주는 아이들은 마치 날개없는 천사들을 보는 듯 했다. 그리곤 나에게 줄 게 있다며 주머니에 가지고 있던 사탕을 고사리 손으로 내게 쥐어주었다. 자신이 갖고 있는 보물이라며, 자신에게 있어서 세상에서 가장 소중한 것이니 나에게 주겠다고 했다.

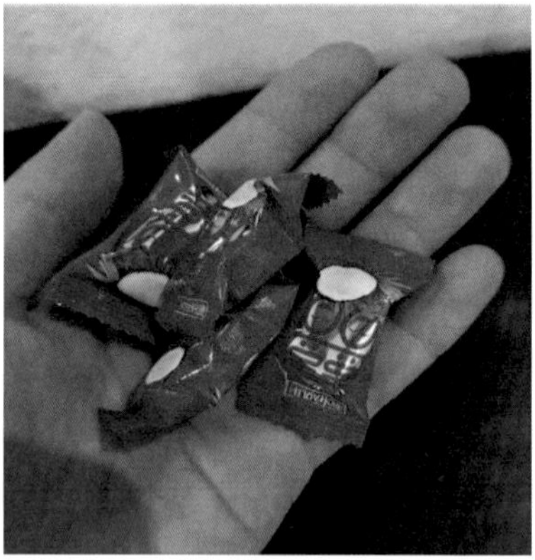

Siem Reap - K-POP

아이들은 한국에 대해 관심이 많았다. K-POP, 한식, 한국어 등 나보다 더 많은걸 알고 있는 친구도 있었다.

나는 TV와 대중가요를 잘 듣지 않았던지라 지금 한국에서 인기있는 가수가 누군지 전혀 모르는 상태였다. 괜히 부끄러웠다. K-POP의 인기는 엄청난데 한국사람보다 외국사람들이 K-POP을 더 잘 알고 있었다.

아이들은 블랙핑크의 마지막처럼 노래를 흥얼거리기도 하고 방탄소년단과 엑소의 노래를 흥얼거리기도 했다. 또 여러 한국드라마나 영화도 본 듯 했다. 나는 아이들의 노랫소리에 너무 놀란 나머지 순간 여기가 한국인지 외국인지 구분이 되지 않았다. 그만큼 우리나라가 정말 자랑스럽다는 생각이 들었다.

칠판에 자기가 좋아하는 한국가수의 이름을 쓰기도 하고, 나에게 만나봤냐고 물어보기도 했지만 나는 TV에서 본 적 밖에 없었기에 만나본 적이 없다고 했다.

애들아 한국에 살아도 연예인은 쉽게 못본다
나도 가수 태연, 마마무 싸인 받고 싶다

Siem Reap - 나만의 가방만들기

다음 날, 첫날보다 아이들이 4배 정도 많았다. 보조선생님의 말로는 수업이 재밌다는 소문을 듣고 많이 왔다고 하는데 그만큼 자신감도 생겼고 전 날, 이미 한번의 수업을 진행해봐서 그런지 어색하거나 떨리지 않았다.

"오늘 수업은 나만의 가방을 만들어 볼거에요!"

한국에서 무지 에코백 100장을 사왔다. 학교에 다니면서 책이나 준비물을 넣기 위해 필요한 가방이 없는 아이들을 위해 사왔다. 뒤로 매는 가방보다는 요즘 트렌드에 맞게 옆으로 매는 가방을 해주고 싶어서 였다. 새하얀 도화지처럼 생긴 가방은 직접 그림을 그려 세상에서 단 하나뿐인 나만의 가방을 만들어서 가지고 다닐수 있도록 나는 아이들에게 이러한 특별한 선물 해주고 싶었다.

나는 아이들에게 가방을 한 장씩 나눠주었고 가방을 받은 아이들은 아무것도 그려져있지 않은 새하얀 도화지에 자신의 꿈을 그림으로 그리기 시작했나.

아이들의 웃음소리와 함께 나 또한 흥이 돋기 시작했고 아이들은 하나 둘씩 멋진 화가로 변신하기 시작했다.

그림솜씨가 어른인 나보다 뛰어난 학생들이 많았다. 마치 자신의 모습을 그리는 것 처럼 이쁜 공주님을 그린 친구도 있었고 자신이 좋아하는 동물의 그림을 그린 친구도 있었고 또 꽃밭을 그리며 자신의 이름을 한국발음으로 새긴 아이도 있었다.

아이들의 웃음소리는 끝이지 않았고 나 또한 초등학생 시절 친구들과 함께 교실에서 그림을 그리며 즐거워했던 추억을 되새기며 회상 해볼수 있었던 시간이었다.

다시 돌아갈 순 없지만 아이들의 모습만 봐도 그 시절, 천방지축이었던 내 모습을 다시 한번 떠 오를수 있었다.

Submarine 잠수함
Motorcycle 오토바이
Fire engine 소방차
Airplane 비행기
Bus 버스
Boat 배
Rocket 로켓
Train 기차
police car 경찰차
Taxi
Truck
Helicopter
Home
Jungle
Ocean 바다
Zoo 동물원
Playground
Park
Police office
Market 시장
CAT FAMILY
BIRDS-I
DOGS
ALPHABET

그런데 갑자기 수업 중 교실 뒤쪽에서 소리를 지르는 아이가 있었다. 나는 깜짝 놀래서 뒤쪽을 보았고 스레이니에게 도움을 요청했다. 스레이니는 아이에게 수업중에는 소리 지르면 안된다고 다그쳤다.

어딜가나 말썽을 피우는 학생은 존재했다.
내가 학교다닐 때도 그런 친구가 있었으니까.

나에게 손가락질 하면서 뭐라고 뭐라고 하는데 나는 무슨 소리인지 몰랐다. 내 느낌상 나를 욕하는 것 같았다.

어린아이가 욕한들 무슨 소용이겠냐만 나는 화가 나진 않았다. 그런 아이의 모습이 귀여울 뿐이었다.

더 시끄러워지기 시작했고 나는 해결을 위해 아이 옆에 앉았다. 그러더니 도망가고 또 옆에 앉히려고 했더니 또 도망갔다.

"잡는다!"

나는 얼떨결에 아이와 술래잡기를 하고 있었고, 그림을 그리던 아이들도 재밌다고 서로 잡기놀이를 하고 있었다. 이 참에 밖에서 해볼 수 있는 활동을 해보자 하여 한국에서 미리 보물을 준비해 갖고 온 선물로 보물찾기를 시작했고, 교실에서만 있지 말고 다 같이 뛰어놀자하여 아이들과 운동장에서 신나게 뛰어놀았다.

내가 애들 보다 더 신났다.

어렸을 적 친구들과 놀았던 추억이 고스란히
내 머리 속을 스쳤고 오히려 아이들에게 준 사랑보다
아이들에게서 받은 사랑이 더 크게만 느껴졌다.

Siem Reap - 앙코르와트

일요일은 학교가 쉬는날이다.
고로 봉사활동을 하지 않는다.

봉사활동 단체에서 일요일에는 앙코르와트 투어를 해준다. 이번 챌린지에선 나 혼자라 혼자서 투어를 해야했는데 다행히도 영어와 한국말을 할 줄 아는 친구 '스레이니' 가 함께 가준다고 했다.

나는 덕분에 투어비용이 들지 않았다. 앙코르와트를 아무 지식 없이 가게되면 그냥 '돌'을 보러가는거랑 똑같다고 했다. 원래 각 나라에서 캄보디아로 여행 오는 사람들을 위해 자체 여행사 투어가 있었는데 가격이 비싼편이라 좋지 만은 않다고 했다. 그래서 난 정말 운이 좋았다.

기쁨도 잠시 도착 후,
나는 10분도 채 되지 않아 몸에서 땀이 줄줄 흘렀다.

사원을 가기 위해선 긴 바지를 입어야했고 반팔티셔츠를 입었지만 습한 공기와 뜨거운 햇살이 나를 괴롭혔다. 또 계단은 왜이렇게 가파른건가 한발자국 올라갈때마다 땀이 뚝뚝 떨어졌다.

비유하자면 유격훈련을 하고 있다고 해야할까.. 그래도 이렇게 더운 날씨에 함께 와준 사람들에게 폐를 끼치면 안되니 애써 웃음을 보였다.

스레이니는 나 때문에 더 고생하는 것 같았다. 더운 날씨임에도 불구하고 애써 나를 위해 한국말로 설명을 해주는 모습이 너무 고마웠다. 그저 옆에서 함께 해주었고 덥냐고 물어봤지만 덥지 않다고 해도 내 몸에서 흐르는 땀에 거짓말은 금방 들통났다

내 얼굴을 보았는지 스레이니는 웃기다며 깔깔깔 웃었고 더운데 안덥다고 하는 건 뭐냐며 다행히 스레이니는 웃음을 보여주었다.

투어로 인해 나 때문에 같이 있다보니 미안하다는 말을 전해 주었지만 자기는 그리 덥지 않으니 걱정하지 말라는 말이 고마웠다.

이번 봉사활동 동안 보조선생님 역할까지 해주고 있어서 덕분에 잘 하고 있는 것일지도 모른다. 내가 많이 서툴러 보여도 도와주는 마음이 따뜻했고 힘들어도 꿋꿋한 마음 그 자체가 큰 감동이었다.

많이 덥고 혼자 온 봉사활동이었지만 현지 친구와 함께 하니 든든했다.

여행은 관광지 보단 역시 함께하는 사람이었다.
다음에 또 봉사활동을 간다면 그때도 함께해요!

"고마워! 스레이니!"

Siem Reap - 작별

마지막 날

저녁에 한국으로 떠나는 비행기를 타야했기 때문에 오늘이 아이들과의 마지막 만남이자 마지막 수업이었다.

이상하게도 숙소에서 학교까지 가는 시간이 짧게만 느껴졌다. 마지막날인 만큼 아이들에게 좋은 추억을 남겨줘야 겠다는 생각 뿐이었다. 준비한게 아직 많이 남아있었지만, 마지막날에는 시간이 촉박했다. 그래도 후회없이 준비한 걸 모두 해주고 싶었기에 부채만들기, 악세사리 만들기 그리고 어릴 적 나의 사진 간직하기 수업 등 여러 수업을 진행 하기로 했다. 사계절이 따뜻한 날씨지만, 그래도 더운 날씨에 땀을 흘리는 모습에 조금이라도 시원함을 주고 싶어 부채를 준비했다. 아이들은 곰모양, 토끼모양 자신이 원하는 부채를 가지고가서 그림을 그리기 시작했다.

"내꺼는 아기곰이야!"

"나는 귀여운 아기토끼!"

각자 모양이 다른 부채에 그림을 그리기 시작했고 내게 자신이 그린 부채를 보여주며, 내가 그린게 제일 이쁘다고 보여주는 아이들의 모습은 마치 선생님과 친구들에게 자랑해보는 천사들 같았다.

부채를 많이 사온 덕에 아이들은 다른 모양의 부채로 또 다른 그림을 그리기 시작했고, 친구들과 서로 나눠가지며 그 누구 하나도 욕심을 부리려는 친구들은 없었다.

"내꺼는 아기곰이야!"

"나는 귀여운 아기토끼!"

Park Sung Hyun
이종석
CAT FAMILY
ALPHABET

나는 수업하면서 가장 인상깊었던 것은 아이들이 수업준비와 더불어 수업이 끝나면 준비물을 같이 정리해주는 모습이 가장 인상 깊었다.

내가 생각했던 보통의 아이들은 수업이 끝나면 집에 가야겠다는 마음과 함께 책상과 교실을 어지럽히고 교실을 빨리 빠져 나가야 한다는 생각을 가지고 있을거라고 생각했는데 내 생각과는 전혀 달랐다.

마지막으로 아이들에게 사진을 찍어주었다. 각자의 어릴적 모습을 사진으로 간직해주고 싶었고, 훗날 자기가 어른이 되었을때 어렸을 적 자신의 모습을 떠올려 보면서 자신이 갖고 있던 꿈을 다시 한번 되새겨 볼 수 있었으면 하는 바램이었다.

나는 인화한 사진에 편지를 써주었다. 고맙다는 말과 사랑한다는 메시지를 마구마구 넣어주었다. 너희들은 사랑을 듬뿍 받을 수 있는 사람이자, 사랑을 줄 수도 있는 사람이라는 것을 알려주고 싶었다.

Hi! I'm your teacher Park Sung Hyun. I'm really happy to teaching you eventhough it's a short time. I hope we will meet again. I will remember you. Don't forget me please. study hard and try to smile alots. Thanks you for learning with my class. I Love you.

Hi, I'm Your teacher. Park-Sung-Hyun. Thank You For being with me. Did You like the Present I Prepared For You? If we meet again with a smile.

Hi. I'm Your teacher. Park Sung-Hyun. I will never Forget that I want to thank You all. Thank You. I Love You

사랑해 ~ 쌤

Hello. I'm Park Sung Hyun. Nice to meet You. It's a short time to teach You. but it's really happy. I hope You will stay in a happy life. Good luck. See You again. I Love You

I really enjoyed being with Your teacher. I really like the way You smile. If we meet again. let's meet again with a smile. thank You

I really enjoyed being with Your teacher. I really like the way You smile. If we meet again let's meet again with a smile. Thank You

사랑해 ~ 쌤 <Your best singer>

...ark Sung Hyun. Nice ...me to teach you. but ...ll stay in a happy life ...n. I love you

사랑해

I really enjoyed being with Your teacher. I really like the way You smile. If we meet again let's meet again with a smile. thank You.

teacher. Park Sung-Hyun. I will never ... I want to thank You all. I Love You

사랑해

Hello. I'm Park Sung Hyun. Nice to meet You. it a short time to teach You. but it's Really happy. I hope You will stay in a happy life. Good luck. See You again. I Love You

Hi. I'm Your teacher. Park Sung Hyun. Thank You For being with me. Did You like the Present I Prepared For You? If we meet again with a smile.

Hi. I'm Your teacher. Park Sung Hyun. If You come to Korea, Please Find me and thank You for being with me.

Hi. I'm Your teacher. Park-Sung Hyun. I will never Forget that I want to thank You all. Thank You. I Love You

끝으로 아이들은 나에게 감사하다는 말과 함께 따뜻한 포옹을 해주며 하나 둘씩 인사를 해주었고 나 또한 고맙다는 말과 함께 있는 힘껏 아이들을 끌어 안아주었다.

한명씩 인사를 해줄 때 마다 나의 눈은 점점 빨갛게 달아오르기 시작했고 잊지 못 할 추억을 나 또한 아이들에게로부터 선사 받았다.

어릴 적 추억을 회상하고 그리워하는 것처럼 아마 지금이 순간도 시간이 지나면 추억이 될 거라는 생각이 들었다.

바쁘게 살아도, 의미 없게 살아도
그저 그 시절이 좋았다는 것을

내가 밟아온 인생도 그리고 지금도
다 좋은 때라는 것을 나는 알 수 있었다.

Fly
Emirates

LV
LOUIS VUITTON

이제 헤어질 시간 이었다. 아이들은 스레이니의 부름에 다시 교실로 모였고 아이들은 두손을 모아 나에게 말해 주었다.

“안녕하세요. 선생님 감사합니다, Thank you teacter"

놀라울 정도로 정확한 한국발음으로 나에게 인사를 해주었다. 이번 봉사활동을 통해 사랑을 주고 또 사랑을 정말 많이 받은 것 같았다.

오히려 얻어가는게 많았던 봉사활동.

나는 큰소리로 아이들을 향해 말해주었다.

“사랑하고 고마워! 건강해야돼 애들아!”

아이들에게 두팔 벌려 인사해주었다.

Epilogue

얼마 전, 맘마미아 영화를 다시 보았다.
주인공인 도나는 어린시절 이렇게 말했다.

"앞으로 어떻게 될진 모르겠어~ 하지만 인생은 짧고
세상은 넓어, 나는 추억을 만들고 싶어!"

나는 영화에서 나오는 이 대사가 정말 좋다. 이 말 처럼 인생은 짧고 세상은 넓고, 좋은 추억을 만들고 싶다. 하지만 영화와 현실은 매우 다르다는게 문제였고, 영화에서 나오는 주인공들처럼 살기엔 정말 힘든게 당연했다.

하지만, 우리가 살면서 매일 힘들진 않다.
한 때는 즐겁고 신나며, 또 한 때는 외롭고 슬프다.

그렇다면, 내가 살아가는 인생 중 반은 슬프고 반은 즐겁다면 그 반으로 나눠진 순간을 나만의 특별한 무엇인가를 채워보는 것은 어떨까?

만약 반으로 나눌 수 없다면 그 모든 시간은 어차피 내가 짊어지고 가야 하는 시간들이기에 슬픔과 외로움을 사랑해보는 것도 나쁘지 않을 것 같다.

나에겐 너무 힘들었던 시간들이라 생각하기도 싫지 않은 것이라면 혹여나 가끔 내 머릿속을 스쳐 지나갈 땐 그래도 잘 버텨왔다고 내 자신을 위로 해주는 기억의 발판으로 삼아봤으면 좋겠다.

힘을 내라는 말조차 하기 어려운 요즘이다. 그래서 나는 힘내라는 말보다는 무언가 고민 하는 친구가 있다면 "일단 해봐!" 라는 말을 대신 하곤 한다. 공부든, 여행이든 아니면 나만의 잊지 못할 추억을 만들며 신나게 놀아보든지! 사람들은 뭘 할때마다 그 시간이 항상 쓸때 없는 것이라고들 한다.

예를들면

"공부해도 필요없다", "놀면 뭐하냐"
다 자신의 경험에 빗대어 말을 하기 때문이다.

나 또한 여행이란 쓸 때 없는 짓이라고 그 시간과 돈으로 공부를 하는게 어떻냐며 다그쳤던 사람도 있었지만 반대로 공부해서 뭐하냐고 나 같으면 신나게 놀 것 같다며 내게 말했던 사람도 있었다. 이렇듯 그들의 삶과 내 삶은 절대 같을 수 없기에 또한 느끼는 것조차 틀리기에 나는 내 인생 중 가장 큰 소중한 시간을 가장 젊었던 시절, 가장 찬란했던 시절에 투자했다.

그저 나에겐 손에 잡히지 않는 환상 같았고, 슬퍼 하기엔 너무 아까운 나이였고, 다시 돌아 올 시간도 아닐 것이며 내 인생 방향을 내가 정하고 나아간다면 그게 다 정답이였더라

만약, 오답이 였다면 내 자신만 탓 할수 있어서…

하지만 나에겐 오답은 없었다.

단지, 답이 틀린게 아닌 문제가 나에게 맞지 않았을 뿐

이 책을 읽었던 당신에게도 특별한 때가 있기를

지금 이 순간에도 찬란하게 빛나고 있을 그대에게

여행 한번 다녀와봤습니다!

여행의 길에서 만난 사람들의 목소리

직접 경험하기 전 까지는 모르더라고

나쁜거만 하지마 그럼 돼

나는 잘 안되더라고 근데 넌 가능 할거야!

처음에 다 잘하는 사람이 누가 있겠어?

현실보단 가끔은 꿈을 이루었다는 상상을 하다 보면 사는데 힘이 생겨!

모든 사람들은 발 크기가 다르니 앞으로 걸어 갈 발자국도 달라야 하지 않겠어

원래 나쁜 사람은 티가 잘 안나

그냥 하고 싶은 거 해!

하고 나면 별 거 아니자나 하기 전에는 어떻게 할까 생각이 들지만 하고 나면 그렇게 힘든게 아니었구나 생각이 들더라고

그 만큼 소중하고 간절했던거야

포기 하지 말라는 말 듣지마, 하기 싫으면 그냥 가끔은 포기해

누구나 잊지 못할 추억 하나 씩은 품고 있지

그냥 봐! 그 다음 일을 생각해보는거야

내가 선택 해보고 나니까 후회가 없더라

여행 한번 다녀와봤습니다.

Thank you